U0101400

孔淑静 著

岁月记忆

一位将军女儿的酸甜苦辣

华艺出版社

HUA YI PUBLISHING HOUSE

前　言

一个人的记忆、一个时代的记忆

——读孔淑静《岁月记忆———位将军女儿的酸甜苦辣》有感

辛　旗

孔淑静阿姨属于"经历坎坷的一代"和"精神富有的一代"。她在抗战烽火中诞生，童年在解放战争中度过，少年在新中国红旗下成长，青年在火红年代里锤炼，中年历经"文革"挫折和改革开放初期的振奋，壮年在改革大潮中搏击，暮年又在社会巨变转型中沉思和担忧。她是将军的女儿，父亲是赫赫有名的"西安事变"中追随杨虎城将军的西安城防司令、抗战名将、解放战争初期率部回归革命阵营的将领，军委炮兵副司令孔从洲将军。父辈的勋业和言传身教使这位将门虎女有那么一股韧劲，她对事业对人生认真而投入；淳朴的家风和传统的教育也养成了她有那么一腔热情，对家庭对朋友执信而践行。

在这本对自己人生经历各个阶段细节娓娓道来的书中，孔淑静阿姨综括了对父辈的记忆，对父母亲人的真爱，对生命成长中生老病死的感悟，对理想的坚贞和对老一代革命家的崇敬。当然，也叙述了时代大潮中的悲苦，挫折和悔恨。书中朴实无华的文字，生动具体的事实，都令读者深深体会到，在一代革命者为之毕生奋斗的伟大事业中，个人家庭家族的命运是与党、国家、军队和民族命运息息相关的，个人人生的辛酸苦辣是那个时代的印记和缩影。

I

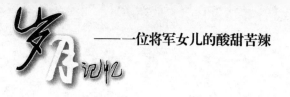
　　书中所有的内容都没有刻意的雕琢渲染，只是随时间铺陈，随事件展开，随性情感发，也带着随风而逝的豁达。但有一条主线犹如交响乐里的主旋律始终萦绕其间，那就是作者所张扬的作为共产党员、革命军人"革命理想高于天"的激情。这种激情在她早年历经苦难的幼小心灵中早已经扎下了根。书中讲道，当年孔从洲将军在党中央、毛主席指示下，率国民党三十八军回归解放区后，国民党反动派对孔将军妻儿大肆追捕，她随母亲哥哥辗转逃脱到达陕甘宁边区延安，最深印象是见到边区主席林伯渠，留给她童蒙记忆的烙印"这就是共产党人"，革命家人格和信仰的力量影响了她整个人生。书中最令人感动的是对哥哥孔令华的回忆，她对哥哥的情感源于战争年代颠沛流离相依为命的生活，端赖弱小生命对强者的依靠，来自少女对未来美好的幢憬。当哥哥突遭横祸而亡故之时，一切的情感从悲伤中迸发出来。书中对这一段刻骨铭心的遭际有着非常细致的描述，读来令人随着她感情的波澜而跌宕起伏，同悲同戚。她把一种对亲人对时代的思念哀情和惋惜都融入了怀念哥哥的《唯实——我的哥哥孔令华》一书写作中。记得清代文豪袁枚在传世之作《祭妹文》中写道："汝之生平，吾已作传，呜呼！身前既不可想，身后又不可知；哭汝既不闻汝言，奠汝又不见汝食。纸灰飞扬，朔风野大，阿兄归矣，犹屡屡回头望汝也。"书中也有类似这样凄切文字，如此兄妹之情，堪与袁枚相比肩，亘古难寻！

　　孔淑静阿姨天生丽颖，聪明好学又正直好强，青年时代就有着成为文学家的梦想，后来时代选择和命运安排使她又远离了色彩斑斓的浪漫职业。但她始终怀有一颗童心，怀有用笔用文学形式抒发情感，弘扬理想的激情。退休之后，她以坚忍不拔的毅力在照顾父母亲和为整理纪念父亲毕生功绩奔忙的同时，将这些青年时代的愿望——实现。无论是创作电视剧《孔从洲》，拍摄描述克拉玛依油田女子采油队故事的电视剧《依然香如故》，为哥哥立传之书《唯实》，还是代表父亲实现为当年抗战殉国战友平反立碑勒铭，编撰父亲生平画传，筹备纪念毛主席的大型活动和她父亲百年诞辰纪念活动，她把对历史的责任和个人激情的视角通过文学方式水乳交融一起。在孔从洲将军晚年，她始终陪伴照顾，因而接触了众多老一代革命家、她父亲的战友和现任党、国家和军队领导同志。正是父辈们的丰功伟绩和领导同志们的关心鼓励，激励她在退休之后仍然孜孜以求地努力工作，刻苦耕耘，为父辈们的精神而奔走呼号，为宣传展现老一代的革命理想信念而不辞辛劳。

这本个人人生酸甜苦辣的记录，为后人理解这一代人的心路历程提供了一个生动的可资借鉴的途径。她以自己平凡的作为实现了"作为党员无愧称号，作为军人恪尽职守，作为女儿善尽孝道，作为母亲养育子孙"的人生承诺。经历过的都是人生的财富，咀嚼人生过程的酸甜苦辣就是生命的真实。我们的社会，我们的民族，我们的国家，我们的家庭不就是有着千千万万这样的父母的女儿，丈夫的妻子，孩子的母亲，兄弟的姐妹们才支撑起来偌大的为中华民族伟大复兴遮风挡雨的生命大厦吗！

我曾经为《孔从洲将军画册》写过纪念文章，为孔淑静阿姨写的《唯实——我的哥哥孔令华》、她的儿子张焱写的《也无风雨也无晴》作过序言。今天，孔淑静阿姨又嘱咐我为她这本书写一些感想，我只有以一个祖辈父辈跟着毛主席打天下，自己受毛泽东思

想哺育成长，今天仍然在继续着前辈事业的后生晚辈来说上一些发自内心的肺腑之言，也是铭记老一代的嘱托："我们的事业是正义的，正义的事业是任何力量也攻不破的，我们的目的一定要达到，我们的目的一定能够达到。"是为序。

中华文化发展促进会副会长 辛旗

二〇一〇年七月一日晨于北京

目　录

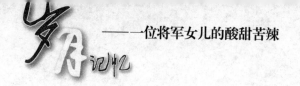
写在前面的话

人生一世，草木一秋。人到了古稀之年，像是到了人生四季的冬日，总爱回忆往事。回想自己一生走过的道路，总有些刻骨铭心的感受想付诸笔端，为自己，也为后人留下些什么。我们这一代人，是"精神"财富富有的一代，也该为后人留下理解我们这代人的途径。

这是2008年的初冬了，由于照顾年迈卧床的母亲我不能外出，坐在窗下拿起笔把自己带入流逝的生命的时光倒影中，往事的一幕幕使自己这些年来已平静的心境又一次掀起波澜。

我这七十年，职业是军人；退休时是师职参谋。每当听到军号声，每当看到军旗飘扬，我的心中总是升起一种自豪感——当过兵的人永远是军人！

我还是一名中国共产党员。当年为了入党，年轻的我背弃了我的爱情，直到今天我对我伤害的他还有着深深的忏悔！

但我对自己走过的人生之路从未后悔——毕竟那个时代年轻的我有着"革命理想高于天"的激情。作为一个有理想有信仰有激情的人，我是幸福的。

作为老人，看到有的后辈以拜金为人生理想，以享受为人生乐趣，真不知是人的退化还是进步？我只是有时很想问问他们，内心深处人生的幸福感只是从物欲的满足中得到吗？也许每个人经受的不一样，我影响不了后辈，但是我可以让你们知道我们这代人的经历，也许会给后人们一些小小的启示。

我的父亲孔从洲将军是爱国将领杨虎城将军的爱将。1936年12月12日，震惊中外的"西安事变"发生，我父亲在事变中担任西安城防司令，参与了"西安事变"的全过程。他参加了北伐战争、抗日战争、解放战争，可谓身经百战；1955年被授予中将军衔，成为新中国的开国将领。我的母亲是位具有中国传统美德的贤妻良母型的女性，她跟随我父亲走过了人生的艰难与险滩，虽然她晚年卧床不起，但陪伴她，却是我生活的内容与精神的依靠。由于是他们的女儿，我自己也就成为了人们所说的"高干子女"。

我跟哥哥从小共患难，曾经的所有苦难，总是哥哥替我遮挡。他的意外辞世使我几乎走到精神崩溃的边缘。哥哥与他青梅竹马的同学李敏结婚，从此我家与毛泽东家族结下了姻缘。生长在这个家庭中我感受到人们眼中所流出的艳羡，然而其中的悲苦倒是让我体会得淋漓尽致，意味绵长。

作为一对儿女的母亲，我做得无悔无怨。只有当了母亲，我才真正体会到了作为女性的伟大，那种付出一切的决绝与无私，只有母爱才能做到而且那么自然。我对儿女的期望，不是他们能够成就多大事业，只希望他们活得平平安安。就像歌中唱的那样"内心的平安那才是永远！"

我退而未休的二十年也在改革开放的社会中做了不少事，有些成功了，有些是"不了了之"了。但经过这些，也给我上了"人生大课"。让我这个在军营中过了一辈子的军人，对社会有了全面的认识，知道了友谊的含义，明白了忠诚和背叛，结识了各色人等——从前辈到名人以至普通人。他们给我的教益都不少，经历的种种滋味也只有甘苦自知了。

我就是经历了这些人生种种的角色走到了今天。

这些我也都写在了我的文字里。真实的幸福总是那么短暂，留给人们的，是长长的五味杂陈的回味。

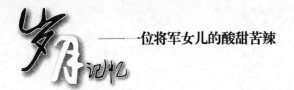
我的父亲（代序）

我的父亲孔从洲，一生追求真理，北伐时期就参加杨虎城部队，成为一名革命战士。1927年蒋介石发动"四一二政变"，屠杀共产党人，当革命处于低潮时，在皖北父亲就直接向当时西北地区党的负责人魏野畴同志提出过加入共产党。这时，魏野畴说："你已经是干部了，为了工作方便，暂时留在党外更好。"当父亲的警卫员征求父亲的意见，问是否应当加入共产党时，父亲坚决支持。1928年，蒋介石的国民党嫡系，趁杨虎城将军外出时，在杨虎城部搞了一次"清党"，父亲亲自护送四十余名暴露身份的共产党员脱离险境，后又为参加阜阳暴动失败的一百多名共产党员开过路条、发过路费，还提供国民党军装，使他们得以全部化装脱险。父亲牢记着自己的职责，虽暂时在党外，仍积极为党工作。但父亲一直没有放弃入党的强烈愿望。1930年父亲向南汉宸同志又提出入党的问题（南当时是西北党负责人），南汉宸考虑再三还是说："以你的表现，入党没有问题，但从这支部队的全面工作考虑，你深得杨将军的信任，留在党外更有利于开展党的工作。"

父亲是个老实人，党怎么说他就怎么做。后来在震惊中外的"西安事变"中，他已是杨虎城所部十七路军警备二旅旅长兼西安城防司令，在事变中对解决护卫蒋介石的军警宪特起了决定性的作用，特别是在护卫中共代

"西安事变"时任十七路军警备二旅旅长兼西安城防司令的孔从洲

表团安全方面尽职尽责，为"西安事变"的顺利解决贡献了力量。"西安事变"后的1937年5月，周恩来副主席、朱德总司令和叶剑英、邓小平等领导同志赴南京与国民党谈判返回时，恰逢河水陡涨，父亲请他们住到了旅部（当时父亲任旅长）。在这几天里周恩来与父亲有过几次长谈，周恩来对父亲说要加强政治思想工作，要依靠群众，加强军队和群众的鱼水关系。父亲向周恩来表示，坚决服从党的指挥，父亲那时就以为自己就已经算是入党了，后来才知道入党还要经过一套严格的组织手续。

父亲一生追随共产党，从心底里厌弃国民党和蒋介石。然而1943年1月上旬，父亲突然接到蒋介石的一封电报，让父亲到重庆与他见面。父亲想到一个受蒋家王朝歧视的杂牌军的师长，为何会被单独召见？蒋介石这个老奸巨猾、背信弃义的人，什么坏事都能干得出，这次召见是福是祸，是凶是吉，很难预料。父亲周围的人都在为他担心，为他捏着一把汗，因为蒋介石对在"西安事变"中被扣之事一直是怀恨在心的。父亲大义凛然，不顾自己的安危，毅然决定飞赴重庆去见蒋介石。

父亲对蒋介石提出的问题对答如流，使蒋介石企图陷害栽赃这支部队的阴谋未能得逞。父亲通过此番智斗蒋介石反而为部队要了不少装备，这些装备在日后的对日作战中起到了很大的作用。但蒋介石防范、打击这个部队的贼心不死，在斗争最激烈的时刻，调来了蒋的嫡系任军长，软禁了父亲。父亲在对敌人的斗争中，表现了大无畏的视死如归的革命精神，在党中央毛主席的指示下，在装备成美机械化师已不可能的情况下，父亲率部于1946年5月回到了解放区，当年9月1日党中央批准他为正式党员，父亲终于实现了自己多年的夙愿。

父亲一生给毛主席写了两封信，第一封是关于我军建立电子对抗机构的事。1967年和1973年爆发了第三次和第四次中东战争，父亲在"文革"中被批判斗争的情况下，仍十分注意收集和研究这两

次现代化战争中双方的得失与经验。认为有两条最值得注意，一是对空导弹的大量使用和传统高炮相结合，即将成为现代防空有效手段；二是防空武器系统自动化程度日益提高，其对电子装备的依赖程度与日俱增。父亲很为我国炮兵的电子装备落后而忧虑和不安，当时由于"四人帮"的干扰，通过正常的渠道反映已经不行了，只有向最高领导反映，也就是只有向毛泽东反映了。父

1955年授衔的孔从洲中将

亲下决心以个人的名义向毛泽东主席写信，有什么是非祸灾自己承担就是了。这样他给毛泽东写了信。1975年6月21日送去，23日毛泽东就批示给了当时主持中央军委工作的叶剑英同志和邓小平、杨成武同志。主席批示的原文是："**送小平、剑英、成武同志阅，请剑英同志找二炮孔从洲同志商议几次为盼。**"父亲在他的回忆录中讲，"主席批示如此之快，是我始料未及的。"

父亲写给毛主席的另一封信是1973年12月21日，起因是父亲的老朋友蒙定军的夫人来访，谈及蒙定军同志遭诬陷被迫害的情况，蒙定军同志是中央派到原三十八军作统战工作的地下党负责人。父亲曾亲眼看到这位同志对党的事业的耿耿忠心。毛泽东说过"三十八军在形式上是国民党编制，但实质上军内党组织一直是按照我们党的路线、方针政策改造建设部队的。广大指战员和日蒋进行了艰苦的斗争，三十八军是我党统一战线工作的一个典范"。可康生、邱会作出于卑劣目的，诬蔑原三十八军为"杨虎城的党，不是共产党"。父亲为此给毛泽东写了信，信的主要内容是三十八军

的党组织是党中央毛主席亲自指示建立的，可是现在原三十八军工委会书记蒙定军，委员张西鼎却被诬陷、被关押，原三十八军工作过的党员全部受到牵连，请毛主席把三十八军建党情况告诉兰州军区政委冼恒汉，让他给这些同志落实政策。毛主席很快将这封信批到军委总政治部。毛主席批示的措辞比较严厉，大意是**"政策为什么没有落实，让兰州军区来汇报"**。这样的几经周折，蒙定军同志方获释放，恢复工作。

父亲一生中两次会见毛主席，两次直接给毛主席写信反映情况，但都不是为了个人目的。"文革"中，父亲一直靠边站，被诬陷被批斗，但他并不为此惊动毛主席。当林彪、"四人帮"集团要关押父亲向陈锡联（主持军委工作）同志报告，陈锡联同志请示总理时，总理指示：**孔从洲同志在"西安事变"中有功，要打倒关押他，要我知道，报毛泽东主席批准**。这样父亲才幸免被关押之苦，但仍和被关押的同志一起被批斗。当时父亲是边挨批斗边工作。有时去上海出差，他还会顺便看看贺子珍同志，也是悄悄去悄悄回。

1986年9月13日，是西北民主联军第三十八军成立40周年的日子。中央批准在邯郸开纪念大会。因为父亲心脏病突发住进了医院，未能亲临参加。我与哥哥孔令华应邀代表父亲参加，哥哥代表父亲在大会上念了他的书面发言，并宣读了父亲为纪念西北民主联军第三十八军成立40周年所赋的一首诗：

1986年9月20日在河北邯郸参加西北民主联军第三十八军成立40周年纪念会，我与哥哥代表父亲参加会议

豫州举义旗，陕军获新生，燕赵子弟兵，壮志卫邯城。

中原还逐鹿，走马追征程，随军入西川，神驰天安门。

戍边建油田，文武两昆仑，关山少音讯，梦中寻故人。

开国多英烈，忆旧慰忠魂，新人如后浪，远望一片春。

1988年孔从洲授一级红星功勋荣誉章时穿军装与女儿孔淑静在家中客厅合影

父亲当年被中共中央任命为西北民主联军第三十八军军长，当时在邯郸各界举行的"拥护西北民主联军第三十八军成立，庆祝前线我自卫反击战胜利大会"上，父亲宣誓就职，誓词是："本军坚决反对独裁，反对内战，反对卖国，誓以至诚，全心全意为人民服务，为实现独立、和平、民主、自由、统一、富强的新中国而奋斗到底。"同时向全国人民通电。参加大会各界人士四万多人。毛主席和党中央领导发来贺电，使全军上下受到深刻教育和鼓舞。

从此西北民主联军第三十八军在刘伯承司令、邓小平政委直接领导下，逐鹿中原，转战南北，参加解放战争，为迎接新中国的诞生做出了应有的贡献。

1990年父亲重病住在301医院，我常在身边，父亲一谈起抗日战争牺牲的烈士就激动，有时甚至流着眼泪呼唤着那些烈士的名字。他的这种心情我们可能难以理解，但经过战争的人，特别是父亲曾和他的战友与日寇血战，他对这段历史是终生难忘的。在抗日战争的岁月，保卫中条山，血战永济六昼夜，中原大战父亲都身先士卒，和他率领的将士们一起与敌拼搏，至今山西人民的后代还在唱着赞颂父亲的歌谣："六六大事变，鬼子兵三万，九路来进攻，犯我中条山；陕军孔旅长，指挥真漂亮，东车村消灭炮兵团，光辉实可赞，孔旅长的功劳从此天下传。"

抗日战争时期他曾在河南郑州地区苏楼村为抗日阵亡官兵建立了烈士陵园和纪念碑，解放后该碑年久破损，父亲为纪念这些为国捐躯的烈士和教育后人，根据中央31号文件即1984年11月17日中共中央组织部、中国人民解放军总政治部联合发出《关于确定杨虎城部三十八军指战员参加革命工作时间的通知》，向组织建议恢复原纪念碑。父亲亲自为碑亭题名"报国亭"，并在碑侧分别题写了挽联："**抗日烈士千古**"，"**铁骑摧强敌，碧血愿浇华夏土；丹心报祖国，豪情当化大河涛。**"这一座碑又重新矗立在黄河之滨的邙山之上。

1990年10月"报国亭"落成，病中的父亲已不能亲临谒碑，是令华哥哥从外地乘飞机赶到郑州和我一起陪同母亲参加了报国亭的落成仪式（谒碑仪式）。我在会上宣读了父亲的书面发言，总算了却了父亲的一件心事。后来黄河游览区的领导同志和工作人员专程到301医院看望父亲。重病中的父亲见了这些为恢复烈士纪念碑而辛勤工作的同志，非常激动，深情地说，他代表死去的和健在

父亲孔从洲在301医院观看1942年他为牺牲的抗日烈士建的纪念碑上拓出的35师师长孔从洲敬题抗日阵亡官兵纪念碑的字样

9

的三十八军的同志们，感谢河南省领导和郑州市人民政府，感谢黄河游览区的全体同志为此事辛苦奔忙。还说河南是他的第二故乡，抗战八年，他的好多战友都

>> 1990年10月孔淑静在"报国亭"复碑落成典礼上宣读孔从洲的讲话

为祖国的解放事业与日寇浴血战亡疆场。我们这些幸存者要永远怀念他们，我们的子孙后代要纪念他们，学习他们……父亲的这些话，使我们在场的人受到革命胜利来之不易的深刻教育。

83岁的父亲病情越来越重，父亲病危时把令华哥哥和我叫到他的面前嘱咐我们，说他的心脏病随时都有不测，要我们教育好子女，不能受社会上一些不良影响，要为共产主义奋斗。要听组织的话，要我们照顾母亲，为她养老送终。说我母亲苦了一辈子，没享过福，没有母亲对他工作的支持，他就不能全心全意地为人民工作。希望母亲多保重身体，他在九泉之下也会得到安慰。父亲重病在身，心系国防安危。父亲一生为他人着想，为国为民，是他最高的理想。"西安事变"后他率部奔赴抗日前线，保卫中条山、血战永济。参加中原大战，牢记周总理给他讲的要加强军队的思想工作，要依靠群众，要加强军队和群众的鱼水关系，使这支军队在群众的支持拥护帮助下，发展壮大，和八路军并肩作战。后来蒋介石破坏政协会议，谈判破裂，中共中央指示他率部回到解放区，并任命他为西北民主联军第三十八军军长，父亲后来担任豫西军区副司令，郑州警备司令，特种兵副司令，西南军区炮兵司令，高级炮校校长，炮兵工程学院院长，军委炮兵副司令兼炮兵科学技术研究院

院长，军委炮兵副司令，负责全军炮兵常规武器装备工作，直到他85岁高龄的生命最后一息。海湾战争后，父亲已病重，还抱病给军委领导刘华清写信，陈述自己的想法。刘华清同志批示：**从洲同志：久日不见，颇多思念。佳节得信，至为欣慰，您年事已高，仍不忘国家安宁和军队强盛，令人敬仰。海湾战争引起您的关注，所提意见甚好，有关部门已在跟踪研究，敬请宽心。雪后放晴，羊年开泰，衷心祝福您健康长寿，阖家欢乐！一九九一年正月初二。**

　　父亲一生清正廉洁，大公无私。他曾将个人拥有的西安市北药王洞86号院全部交公，又于1950年将个人多年积蓄交给部下办事，剩余归还的二十两黄金全部交了党费，支援了进藏部队。当时经手此事的二炮政委陈鹤桥讲起来感慨万分，陈政委说在那个困难时期，部队用这些钱买了手表、钢笔、日用品支援进藏部队，陈曾几次要求父亲要把这件事写进回忆录，但父亲却没写，父亲说"这有什么好写，是一个共产党员应该做的"。这件事当年西南军区刘、邓首长还通令嘉奖，但我们全家谁也不知道，还是父亲写回忆录时，在他的档案里查到了这段记载。后来我再一次看望陈叔叔时，他还写了当时的情况和录了音作为留念，他说因为此事对他教育鼓舞，使他终生难忘。父亲在个人生活上甘于清贫，艰苦朴素，他的衬衣经常打着补丁，临终时才穿上件新衬衣。在那动荡的年代，他经常把工资分给那些生活困难和因遭诬陷上访的人，每月拿给母亲的薪金几乎难以维持全家生活。他严格要求我们，使我们养成了在工作上向高标准看齐，在生活上向低标准看齐的品德作风。对我们一生都有很大的影响。这也是父亲给我们留下的最大的财富。

　　父亲去世后，《人民日报》、《解放军报》、中央人民广播电台、中央电视台同时于当日播放、登载发出父亲去世的消息。当时任解放军总参谋长的迟浩田同志到我家悼念慰问，因为母亲过于悲痛加之原来身体有病，无法支撑，只好由我们子女接待。迟浩田同志说，他是代表中央军委看望孔从洲的亲属的，讲到父亲

在国内外的影响，特别是讲到历史上的"西安事变"中的功绩，和父亲对我军现代化建设的贡献时，他特别指出纪念父亲的规格要比大军区正职的规格高一些。当时任中共中央政治局委员、国防部长的秦基伟同志在他家接见我，讲到父亲是个很正直的人，对党有很大贡献，在群众中的威望很高，党内外很有影响。父亲的追悼会是由组织安排的最后一个追悼会，由于父亲的影响，甚至把中央有关今后不再由组织出面主持开追悼会的文件压些日子，等父亲追悼会开完才下发。中共中央、中央军委对父亲一生给予了高度评价："中国共产党的优秀党员，久经考验的忠诚的共产主义战士，无产阶级革命家，我军优秀的军事指挥员……"父亲去世后，我年迈多病的母亲，这位从大革命时期就跟随父亲风风雨雨度过一生的老人，只有由我来照顾了。我深感担子加重了，虽然困难也接踵而来，最大的困难是没了交通工具——汽车，我必须蹬着三轮车给母亲看病、取药、理发，但困难对我又是一个很大的锻炼和考验。这么多年已经熬过去了，我会遵照父亲的话，一切听从组织安排，任劳任怨地尽到自己的义务，照顾好我的母亲，只有这样，才能让在九泉之下的父亲放心。

　　父亲一直教育我们不管任何时候都要实事求是地对待一切人和事。当你熟悉的人遇到困难，不顺利时，要力所能及地帮助他，当人家居于高位就绝不去打扰。此外，对一个人来说，任何时候，做好事总是第一位的，犯错误或有什么问题、缺点都是暂时的、局部的，是一个人整个历史阶段的一个方面，要客观看问题，常看别人的长处、优点。父亲的这些教导，是我做人的座右铭，我想不管社会怎么变，这个正确的指导思想还是很有价值的，我至今仍对此深信不疑。

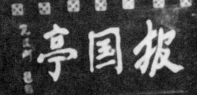

1990年10月我与哥哥孔令华陪同母亲钱俭参加在郑州黄河浏览区举行的
抗日烈士复碑仪式时在报国亭前合影

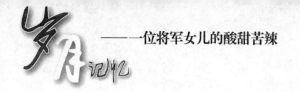

家乡的水最甜

我的家乡在陕西省西安市的郊区，灞桥附近的上桥梓口村。灞桥位于长安城（现西安市）东12公里处的灞河上面。古代长安人向东送行，往往以灞河为界，送人出长安城到灞河后就要在灞桥上分别了。

早在秦汉时，人们就在灞河两岸筑堤植柳，阳春时节，柳絮随风飘舞，好似冬日雪花飞扬。到了隋唐，这里已是"柳色如烟絮如雪"的风景名胜之地了。于是"灞柳风雪"作为灞桥一道独特的景致，成为"关中八景"之一。

美丽的景色，令人留恋，而杨柳低垂也使灞桥成为最有诗意的送别的桥。于是古人在这里留下了许多感怀的诗句。李白《忆秦娥》中就有"年年柳色、灞陵伤别"的句子。后来人们又将灞桥叫做"销魂桥"，流传着"年年伤别、灞桥风雪"的辞句。正是出生地域的文化氛围使自己在幼小的心灵中种下了爱好文学和重情重义的性格基因，使我一生都是在情感的支配下走到了暮年。

我家住在紧邻灞河的上桥梓口村，我就是呼吸着灞河的雾气和垂柳的清香成长着。童年的记忆最深刻，直到今日我依然感觉幼年呼吸的空气是最清新的，喝的家乡的水是最甜的，这已经镌刻在我的心间。

>> 这是位于我家乡的灞河大桥

呼延孔 摄

与母亲和哥哥在乡下的日子

自我出生就很少见过父亲。听妈妈说为了把日寇挡在潼关以外，父亲在前线跟鬼子打仗。

▶▶▶ 这是我出生的地方　　　　　　呼延孔 摄

为了家乡不被侵略者侵占，我们家乡一带年轻有志的青年都上了抗日前线，有的还献出了自己的生命。我就是出生在这样一个民族危难的时刻，这也是我童年生长的大环境。

母亲是位外乡人。北伐战争时，父亲在河南南阳与母亲相识，结成伉俪。母亲那时才17岁，父亲已是炮兵营营长。杨虎城将军很器重我父亲。父亲在北伐战争和西安围城的战斗中立下战功，杨将军亲切地称他为"娃营长"。父母的婚礼是隆重的，成亲那天，杨将军用他的小汽车迎送母亲。当年参加父母婚礼的革命老前辈孙作宾健在时，每次见到我都跟我提起父母当时结婚的情景。

母亲嫁给了一个像父亲这样正派的人，对她来讲是人生的大幸。从此，母亲跟随父亲走上革命的道路。

母亲生过八个孩子，由于生活困苦和当时的医疗条件差，最后仅有令华哥哥和我存活下来。我的大姐活到四岁时因为发高烧、腹泻死去；还有一个弟弟活到三岁，嘴上长口疮、又拉肚子，结束了生命；其他的弟弟、妹妹都是在襁褓中得病夭折的。我小时候也是多病。母亲说有好几次我险些没了小命。有一次我病得不行了，我奶奶就用席子把我卷了扔了出去，多亏母亲把我又抢了回来。

我的母亲是个外乡人，性格又内向，在爷爷、奶奶这样的封建家庭中受了很多苦。当时父亲在部队打仗，没有音讯，母亲为了哥哥和我才艰难地活了过来，而我们兄妹若没有母亲的照料和呵护，恐怕也都早就告别了人世。我童年的记忆中只有母亲的慈爱和兄长的关怀，而父亲在我童年的世界中几乎没有留下任何痕迹。

童年的回忆：母亲带着哥哥和我的逃难生活

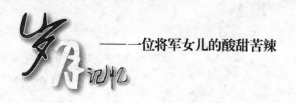
　　童年的我和哥哥在上桥梓口村小学读书，这所学校是父亲在1932年资助办起来的。父亲小时候因为家贫辍学，所以他立下一个夙愿：如果事业有成，一定要为自己家乡的穷孩子办所学校，给他们自己没有得到的读书机会，后来他拿出自己积蓄的银元三百块办起了这所学校，学校的每月费用大都是由父亲的薪金承担。当时的校长和教师们大都是共产党员和进步人士，这所学校培养了一批思想进步的青年，毕业后大都进入安吴堡青训班，接受党组织培养并加入了共产党。这些情况是我后来在调查和走访中了解到的。

　　在我家没有出事之前，我和哥哥令华在这所学校断断续续地读书。之所以断断续续，是因为母亲常带着哥哥和我去看望在前线战斗的父亲。

　　母亲在部队中参加了宣传和后勤工作，童年时的我和哥哥都是独自在家中和学校度过。我们从前线看父亲回来，就在上桥梓口小学上学；由于有母亲的庇护，我和哥哥在学校无忧无虑地上课、玩耍。无论母亲当时有多么艰难和苦闷，年少的我们都没有体会。还记得哥哥对我的保护，上学时，我胆子小，不论谁逗我、欺负我，我都不敢还手。但只要哥哥在身边，就没有人敢欺负我。哥哥比我胆子大。记得有一次他爬上槐树摘槐花，一口气爬到树顶。哥哥手上带的砍刀不慎伤了他自己的额头，鲜血直流，但他一声不吭，回到家中他自己用破布一包，再三嘱咐我不要告诉

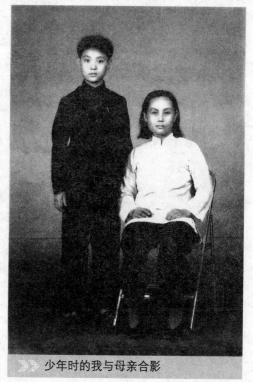

少年时的我与母亲合影

母亲。这件事给我的印象很深，我因此很佩服哥哥的勇敢。不上学的时候我常和哥哥和小伙伴们到河里摸鱼。还用篝火烤鱼吃，很有趣味。虽然我们家乡的习俗不吃鱼，我们这些小孩子禁不住烤鱼香味的诱惑，也就无所顾忌地"大会餐"了。

临危不惧

抗日战争胜利后，蒋介石不顾人民需要休养生息，国家亟待和平复兴，破坏停火协议，加紧调兵遣将，准备发动内战，企图用军事手段解决共产党所领导的武装力量。父亲所部三十八军更是蒋介石的眼中钉肉中刺，他为了达到铲除异己的目的，先将三十八军整编为三十八师，移防至河南巩县，处于蒋介石嫡系部队的包围之中。接着胡宗南下达密令，要将部队调离巩县，拟在赴新乡途中将这支部队全部缴械。在此紧急关头，父亲识破敌人的阴谋，当机立断，遵照党中央的指示，在部队已不可能装备成美机械化师的情况下，于1946年5月15日率部经过艰难险阻，回到晋冀鲁豫解放区。在这之后，蒋介石指令胡宗南派人抄了我家。那时周恩来指示党组织派人到家乡找过我们，但由于当时情况复杂，没能和我们联系上。那天抄我家的是胡宗南亲自指派的黄队长。后来据人讲，当时他们坐的车开到灞桥时突然坏了，他们就徒步向村中进发，也正因此拖延了时间，村里人闻讯就大声喊，孔家的人快跑啊！抓你们家里人来了！这时已是早饭过后，我们兄妹已上学去了。母亲听到村里人的喊声，立即跑到一位姓宋的邻居家。敌人闯进宋家搜查时，母亲无处可藏，就装作这家的人，纺棉花、搓捻子。敌人厉声问她，"你是不是孔家人？"母亲摇头否认，并谎称是这家女人的妹妹，敌人问："你的丈夫在哪里？"母亲回答："没有了，早过世了。""孩子呢？"母亲说："也没有，只我一个人在姐姐家寄住。"敌人问："你家住哪里？"母亲回答："城里北院门24

1987年我去西安出差时，专程到上桥梓口村看望曾掩护我母亲的恩人，在他家中合影。

呼延孔 摄

号。"因为母亲对答如流，敌人又无证据，就走了。敌人刚走，宋家的人劝母亲快跑。母亲知道敌人不是这么好糊弄的，怕他们再回来，牵连宋家人。于是她没有跑，继续干活。果然不出母亲所料，敌人很快又折了回来，重复盘问了一遍。一边问一边拿枪托捅母亲的身体，还带来一位邻居对证。这位邻居被敌人扒光上衣，打得直喊叫。敌人一再追问："你认得这个女人吗？她是孔从洲的家属吗？"这位好心人忍着疼痛，一口认定母亲就是宋家的人，不是孔家的亲属。这样母亲才脱离了险境。解放后我还陪母亲专程到老家看望了这位救命恩人。1987年我再次回故乡看望了这位已是暮年的老人，不幸的是在我离开不久，他就得急病离开了人世。

在母亲遭到敌人拷问的同时，敌人的另一分队来抓我和哥哥，包围了我和哥哥上学的学校。当敌人闯进学校的时候，一位叫李莲生的老师将我和哥哥的名字跟当天没来上学的学生姓名对换，让我们顶替他们。敌人点名时喊到缺席的学生名字时我们就回答"到"。当时吓得我衬衣都湿透了，身体发抖。哥哥却站立不动，声色不变，还安慰我"不要害怕"，哄我这是抓"烟民"的。但我心里明白是家里出了事，来抓我们的。敌人未抓到我们，很不甘心。因为事先他们已经打听清楚孔家的一对儿女在此上学。敌人要跟每个学生一起回家，看看谁是他们要抓的人。机警的李老师利用敌人是秘密逮捕这一特点，就假托他要亲自送我们兄妹回家，以便向家长交代放学拖延的原因。这样李老师把我们送到本地的另一位刘老师家，哄骗过敌人。直到这天黑夜，我们兄妹才见到母亲，从此，母亲带我们踏上了逃难之路。

解放后多年来，我们一直在寻找这位李老师。在20世纪90年代初我们才找到他。这时他已经是位卧床不起的老人，过着清贫的生.

> > > 1993年我与哥哥在西安看望曾掩护我兄妹的重病中的老师李莲生

活。我和哥哥专程去看望了他，作为他的学生、我们的恩人，对他的感念会伴随我们终生！

逃难的日子让我刻骨铭心

形势越来越紧，敌人在西安的各个城门都张贴了告示和画像，悬赏数千银元缉拿我们。我们母子三人不敢在一个地方久留，住几天就得换地方。母亲带着我们兄妹俩东躲西藏。有时被同情我们的人家收留上一段时间，母亲就给这户人家干活。母亲是穷苦人出身，家里地里的活都能干。可是一旦住久了，就会引起敌人的注意。敌人化装成乞丐模样，挨门挨户张望窥视。因为有次一阵狗叫

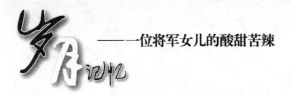

后，我看见一个乞丐腰里别着把手枪，吓坏了，从此只要狗叫，我就认为是抓我们的特务来了，便赶紧往厕所跑。在我幼小的心灵中认为只有厕所是最安全的，敌人不敢闯进来抓我。

母亲怕三人在一起目标太大，哥哥又是个男孩子，一旦被敌人抓住谁都跑不脱。于是母亲托人将哥哥送到山狼村中一个大户人家当伙计。这家住在河中间的沙滩上，独门独户非常偏僻。特务们查户口查不到那里，是隐蔽的好地方。但是这家的掌柜待人过于苛刻，要求哥哥一斗麦子要磨出一斗面，还要哥哥看管这家的小少爷，还常常打骂哥哥，给他气受。真是难为了年少的哥哥。哥哥天天盼望母亲把他接回去，我和母亲也天天想念着受苦受累的哥哥。

哥哥到山狼村当了小伙计后，我母女俩仍旧东躲西藏，辗转搬迁，很不安宁。有哥哥在，我胆子壮，哥哥不在身边，我感到孤独胆怯。有一次我在一户人家隐藏，好几天不敢出门，憋闷得很，想出去吹吹风。走到野地一个岔路口，一个陌生人突然出现在我面前，问我叫什么？谁家的孩子？我吓得跑到藏身的房子里，关紧了门不敢出声。几十年了，我还清楚地记得当时我盼望见到哥哥而泪流满面的情景。几十年来，"哥哥"这两个字在我心中始终存着很重很重的分量。

再往后，情势变得更加险恶。我和妈妈、哥哥唯一的出路，就是早日奔赴解放区。这时期周恩来也曾派人来找过我们，但还是未能联系上。据说此人裹了组织给我们的费用自谋出路去了。

一个偶然的机会，母亲碰到了一个叫王老五的熟人。当时西安各城门都张贴着捉拿孔从洲夫人和子女的悬赏布告。这个叫王老五的人同情我们，一再讲他很敬重我父亲。他给我们介绍了一位铁路工人，想让我们通过这个铁路工人搭上北上的火车。这位铁路工人的母亲害怕连累他们（当时窝藏孔从洲的家属是要砍头的），但这位工人很有觉悟，对他母亲说："眼下这种日子不会太长的，等共产党当了家，救了他们，我们是有功的。"他们商量后，同意我们在地下室藏了一天一夜。

我们胆战心惊地在地下室等着哥哥从另一个地方赶来和跟我们会合。哥哥来了，不敢久留，我们来不及诉说久别的思念，就由这位工人把我们送到火车站，准备让我们分头上一列北上的火车。事不凑巧，等了许久也未能等上民用的普通客车。火车站布满了士兵，列车全让军队占用了。据说这些军队是被解放军在西北战场上打垮的刘勘残部。在这种突变的情况下，这位工人用钱买通了火车司机，母亲假称我姥姥病危，急于到耀县看望亲人，把我们安排到火车上放碗碟茶具等杂物的小仓库里。火车开动了，我们稍稍放下心，意外的事又发生了。小仓库的门突然打开，进来了一位彪形大汉，声称自己是副司机，连说怎么不知道这儿还藏着人，当时就要把我们母子三人推下车。真是万般无奈了，母亲狠狠心，跪下求他，又把全部盘缠都给了他。这样将就到了下一站，他还是把我们赶下了车。

下车后，站在月台上，举目张望，四周架着机枪，阴森恐怖。这时一个打信号旗的工人朝我们走来。他问明原因后，嘱咐我们这儿不能久留，要我们到火车站旁的窑洞里躲躲。这个窑洞是铁路工人休息的地方。窑洞周围全是武装士兵，我连厕所都不敢上。母亲盼这位好心的工人能帮我们打听到北上的火车，哪怕是货车，只要能搭上就好。

等了一夜没有车。所有的火车都被国民党撤退下来的军队所占用了，此地又不能久留，母亲决心带我们徒步上路。

我们化装成逃难要饭的模样，因为我小时眼睛特大，皮肤白，长得好看，引人注目，怕敌人看画像认出我是孔家的女儿，母亲就给我脸上抹了好多锅底灰。母亲带着我兄妹，顺着火车道两旁的小路晓宿夜行，沿途乞讨朝解放区方向走去。

我母亲曾听人讲过，冯家桥村有一大户人家，主人叫冯永实，经常来往于解放区和国民党统治区之间做生意，还经常帮助前往解

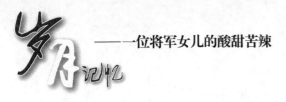
放区的进步人士，是位开明人士（解放后才知道他是地下党交通员）。母亲带着我兄妹一路打听着来到冯家桥村。孔家遇难遭反动派抄家的事在西安周围传开了，甚至解放区也传出寻找孔从洲的妻子、儿女的消息。冯永实自然也知道此事。

当我们千辛万苦来到冯家桥村找到冯永实时，他热情接待了我们。在他家吃到了许久没有吃过的饱饭。

不巧的是我们吃饭的工夫，这个村子又来了被我军打垮溃退下来的国民党部队。这样冯永实家也不能久待。冯永实考虑再三，把我们送到了他舅舅家。他舅舅家周围是茂密的树林和壕沟，是一个很清净的地方。这儿不查户口，无人过问。母亲带着我兄妹俩住在一间小屋里，冯永实派他的弟弟冯十二到解放区送信。边区政府接到信后随即就派王科长等人来接我们。

母亲带着我兄妹二人半夜时分在一个山沟出口处等候他们。黑夜里，狗叫得很厉害，我听到狗叫就发抖。这儿离解放区不到一百里，是个拉锯的地方，敌人时常出没，稍有疏忽就会带来危险。我那时还小，没出息，直想哭，王科长拿了一块糖塞到我嘴里；哥哥像大人一样哄着我，叫我不要怕，不要哭。

我们在王科长带领下翻山越岭向解放区走去。这时期，因为战事频繁，一些机关也不知撤离到何处去了。我们东奔西找，终于找到一个地委机关下属的接待处。这个接待处不是战斗部队，没有战斗力，一有敌情，就得转移。但不管情况怎样艰苦，总是一个集体。在接待处，看见谁都像是亲人，真像是到了自己家。

长途跋涉赴延安

到了解放区就像到了家一样，生活再动荡心里也是踏实的。接待处有不少从敌占区投奔革命的进步人士和青年学生，敌人来了我们就藏到山沟丛林里。这里都是大人，只有哥哥和我是孩子。我们经常带着炒熟的玉米粒在山沟里过夜。饿时就用炒玉米粒充饥，渴时喝口山上流下的水，有时也带一些干馍块充饥。听到敌人搜山的动静时，大人都哄着我，怕我出声。哥哥比大人还认真，总嘱咐我不要出声响。哥哥毕竟也还是一未成年的孩子，在艰苦的颠沛流离中，大人都吃不消，何况他一个孩子呢！我累了，有母亲和叔叔、阿姨们照顾，哥哥却从来都是不声不响地自己忍耐着。有一次爬一个大山坡，后边有敌人，前边的坡又陡又险。哥哥怕大人为自己操心，一直跑在前面，待我们爬上山时，他却累得没有了呼吸。这下吓坏了母亲，我直哭喊着哥哥你不能死。后来，多亏了一位从敌战区参加革命的医生用绳子捆着哥哥拍打了一会儿，才使他缓过气来。听大人讲可能是跑得太猛，岔了气。不久，母亲又出了一次事。接待处门主任看到我母亲身体不好，又拖带两孩子走得慢，就常常把他的马让给母亲骑。有一次行军走在马后面的同志为了让马快走，打了一下马屁股，马惊了突然狂奔起来，母亲从马的头部摔下趴在地上，不省人事。从此母亲落下腰病的毛病，至今未愈；年纪越大，病情越重、越痛苦。

叔叔、伯伯们为了照顾我，总叫我拉着马的尾巴往前走，这样可以轻松一点，速度也能加快一些。有一次敌人离我们的距离只有两公里，大人们都很着急，我脚走肿了，拽着马尾巴走也很困难。无奈之下，接待处门主任又把他的马让给我骑，谁知马在爬山时把肚带挣断了，一下把我栽下来。我滚到山坡下，挂在了一个树杈上，鲜血直流。真险，不是那根树杈我就命丧悬崖了。

就这样，我们在疲劳、饥饿与危险中，走到了地委所在地马栏。那时马栏是解放区（陕甘宁边区）很有名的地方，是当地党的领导机关"地委"所在地。在这没住几天，我们又起程，奔赴久已向往的革命圣地延安。

到延安时我们母子三人的衣服早已褴褛不堪，但心情别提有多兴奋了。想到再也不用担惊受怕，想到离亲爱的父亲越来越近，觉得那些苦都没白吃，都是值得的！

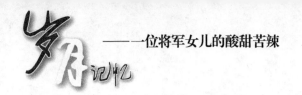
边区主席林伯渠、副主席杨明轩的接见

我们来到延安的第二天陕甘宁边区主席林伯渠、副主席杨明轩就到住所看望我们，告诉我们父亲在前方打仗，嘱咐我们多休息几天，多住些日子，有事直接找他们，并说我们到来的消息已报告给我父亲。看到这两位领导对我们的关心，我们心情非常激动。我们一家人从未见过共产党这么高级的领导，穿着朴素，和一般老百姓没多大区别，还这么平易近人，和蔼可亲，在我幼小的心灵中烙下"这就是共产党人"的印象。林伯渠主席嘱咐有关部门给我们每人做了一套新衣服，是解放区流行的列宁式服装。自敌人抄家后，什么都没有了，这回我们都穿上列宁装，非常高兴。我和哥哥有一张童年时期照片，就是穿着这身列宁服照的合影，是在山西阳城照相馆照的。当时父亲想念我们，又不能从前线回来看我们，嘱咐我们照个像给他捎到前方。

后来知道，周恩来副主席知道我们到了延安，还特意致电前方的父亲，让他放心。

那时敌人常常来扫射，听大人讲是胡宗南派来的飞机轰炸延安。在延安的墙上写了不少标语、口号。当时我什么也看不懂，后来也不记得了，唯有一句话是"从群众中来，到群众中去"，不知什么原因这几个字至今在我脑子留下深刻印象。

在这儿我第一次看演戏，名字好像是"血泪仇"，有个文工团的人经常叫我"小鬼"。还让我去他

我与哥哥童年时，唯一的一张照片（山西省阳城照）

26

们团玩，我很害怕，问母亲他为什么叫我"小鬼"，人怎么是鬼呢？那位叔叔经常带我坐在戏台边上看戏，甚至想让我参加剧团。我年纪太小，离不开母亲，就没有去。成年后每想起此事，还真有些后悔。当初要去学演戏多有意思，我内心还是很热爱戏剧工作的。

在这段时间里飞机不扫射时，我和哥哥陪着母亲经常坐在延河边，仰望着宝塔山，思念着我的父亲。没过太久，组织上就派人把我们送到西北民主联军第三十八军留守处的驻地山西阳城上孔村。这时，父亲已是中共中央任命的西北民主联军三十八军军长。

虽然延安到山西阳城路途远，但每人都有一匹马骑，再也不用徒步走了，倒也很自在。记得过黄河时，铁索链上搭着木板的渡桥，在咆哮的黄河上随风摇晃，我们只能下了马，牵着牲口慢慢过桥，湍急的河水溅起的浪花像水龙一样，带着巨大的声响。我很害怕，但哥哥却很勇敢。他牵着马大胆地从桥上往彼岸走去，我在大人照顾着才战战兢兢地过了这险要的铁索桥。

我们终于到达了三十八军留守处的住地阳城上孔村。这就算安定了下来，但父亲在前方打仗，我们还是未能见到父亲。

在留守处的日子

母亲在留守处做保管工作，我兄妹二人跟着宣传队的叔叔阿姨学识字，学唱歌。我们认得不少的字就是在这里学会的。《白毛女》、《兄妹开荒》、《刘胡兰》里的歌曲也是在这里学会的。

这地方在大山脚下，地处偏远，一到晚上，狼都在我们住的门前吼叫。每天晚上我们就用石头和切菜的案板顶住房门，生怕狼闯进屋里。天一擦黑人就不敢出去。这地方有个特点，厕所多，都是用石砌的。无遮无拦的狼经常出入厕所。去厕所的小孩常被狼吃掉。一到白天，阳光底下，世界就是我们的了。那时我和哥哥常常到河渠里洗衣服。在家中帮母亲砸煤块做饭，生活得很愉快。

有一次听到外面乱哄哄的闹声很大，我急切地跑到门外去看，竟然是野猪从山上越过沟壑跑下山来。留守处的叔叔们大喊着去追赶这个稀奇的动物。那时，我们也常到山坡上挖野菜、掰包米、收芝麻。有一天突然来了一位陌生人，他告诉母亲说，父亲要接走我兄妹去石门上学。当时石门市（现在的石家庄市）刚解放，是解放区最大的城市。母亲虽然离不开我们，但为了让我们学到文化知识，她还是忍痛同意了。我们兄妹二人从来没离开过母亲，特别是敌人抄家后母子三人相依为命，更是难舍难分。我哭了一夜，念叨了一夜："妈妈，我要走了！"哭得很伤心。母亲和那位叔叔觉得我年纪小又是女孩，不去就算了吧！本来哥哥把我和他的行李都放在一起收拾好了，我不走哥哥也很难过。我离不开母亲也想念哥哥。兄妹情如手足，从小在一起成长，他知道妹妹很软弱，没有哥哥的保护真不知道以后的日子怎么过。

哥哥走了，他坐在马车上一人走的情景，以及我哭喊哥哥的声音至今想起仍如在耳边。在以后坎坷的人生道路上，我体会到没有和哥哥一起去石门上学，是我终身的遗憾，每想起此事都懊悔至极。

自从在山西阳城上孔村与哥哥分别后，我常梦见哥哥，想念哥哥，常

1987年在我家乡的院落门前留影

呼延孔 摄

哭着要和母亲去找哥哥。当时我多么希望哥哥能和我们一起去见父亲啊。

在灞桥区政府院内门前，区委领导张平均同志与孔令华和本书作者合影

骑着毛驴见父亲
——团聚在郑州警备司令部

1948年初，组织上让我们到河南郑州去见父亲。父亲这时任郑州警备司令。听母亲讲，我父亲这是第二次任郑州警备司令了。1945年9月，父亲奉第四集团军命令，担任受降先遣部队司令兼郑洛（洛阳）警备司令。

去郑州的路程很远，要绕好多路，有的地方还没有解放。路上还常有敌机扫射；有的地方刚经过战斗，还有打炮的痕迹和烟雾。我和母亲经过几十天的昼夜行走，才过了黄河。过河是在夜里，不许有灯、不许说话，怕敌人发现目标。

我们就这样一路兼程，走向郑州。虽然一路很辛苦，但比起两年前的逃难，已是幸福多了。沿路虽然还不是很安全，但解放战争的胜负已很明显，我们已不用躲躲藏藏走路了。更重要的是，这次是去见父亲，见多年来只在妈妈的叙述和梦里见过的父亲，内心里还是喜悦和兴奋的。那时的主要交通工具是小毛驴，骑的时间久了，人的屁股疼得都走不成路。时间长了，我骑得很熟练，左边右边都能骑，这样就能减轻疼痛。毛驴累了，卧在地上休息，我不用下来，还可以自由自在地骑坐在上面。我非常喜欢这头小毛驴，它比大牲口好，听话。

我们一行骑着毛驴来到了郑州。这是我第一次来到这样大的城市，见到那么多人。找到警备司令部的大门，打听孔从洲，说是他

29

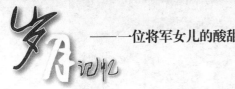
的家属来了，卫兵不信。看我们破衣烂衫的样子，怎么会是司令的家属呢？和卫兵磨了半天，他才答应请示。后来总算让我们进了军营大门。一名战士带我到父亲开会的地方去见父亲。

郑州当时刚解放不久，情况很复杂，父亲工作非常紧张。我们到来时，父亲刚开完会。门打开了，我几乎认不出父亲。我常常想念的父亲，怎么头发都白了？在我的记忆里，父亲是那么年轻英武！后来听母亲讲，父亲在抗日战争时与日寇搏斗，援兵不到，亲临第一线与敌人拼刺刀。一夜之间白了头。

接下来这段和父亲生活的日子里，我很愉快，多年没见过的亲人，团聚了，能不令人兴奋吗！我一天到晚乐呵呵地跟着连队的指导员学认字。记得奴隶的"隶"字最难写，指导员总是耐心地教我。父亲的公务员是个十五六岁的孩子，也和我一起学认字。他也是第一次到大城市，经常对着灯泡去点火。大人给他讲这是电灯泡不是火，他总记不住，闹了不少笑话。

我们住了没多久，有一天来了不少大人物。我隔着窗户向外看，听母亲说是刘、邓首长和邓子恢等领导过黄河，住在司令部。当时郑州刚解放，阶级斗争比较激烈，为了安全，父亲接待他们住这里。在这里我第一次见到刘伯承伯伯和汪荣华阿姨。汪阿姨给我留下很深的印象。她健在时，我每年春节都去看望她。

1949年父亲南下，我们又分别了。我随母亲来到她的故乡河南南阳暂住。

1993年5月在刘帅家与汪荣华阿姨合影

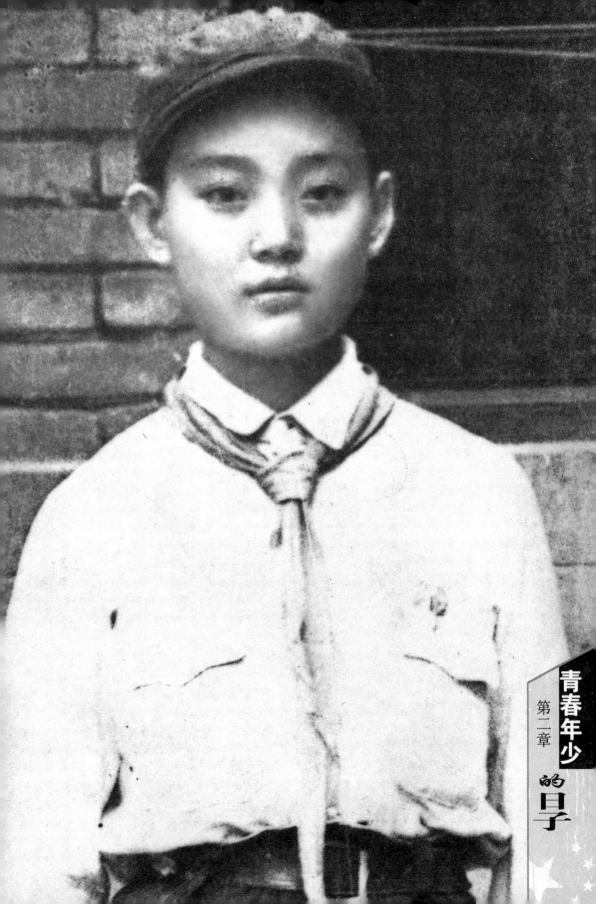

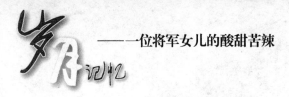

上学的时光

在河南开封上育英学校时留影

母亲十六岁离开家乡。在我眼中母亲的故乡是个美丽的地方。虽然这里解放不久，我们沿路还遇到敌机的轰炸，真像是在战火中一路走来。但是听着河南南阳家乡人的乡音，母亲和我都很高兴，就像回到了日思夜想的家园。

战争中，母亲一家人都死在抗日和解放战争的炮火中。伴随他们的是贫穷与战火。

在南阳我和母亲被安排在一个老乡家。母亲的娘家在战火中荡然无存。在母亲的家乡，我正式开始了上学的时光。虽然学校生活在人成长的过程中不算很长，但只有到了老年才知道，那是人生中最美好的时光。

当时南阳正在欢迎东北解放军进关。我们小学生也参加了慰问。我印象深刻的是东北四野的将士穿的都是呢子制服，真是潇洒漂亮啊。原来我所见过的八路军和解放军穿的都是粗布军装，跟他们形成鲜明对比。我们在老师的带领下，学唱赞颂解放军的歌曲，然后去慰问他们，唱歌跳舞给他们看。每一位叔叔阿姨都对我们投以赞许的目光，我觉得真是幸福。时至今日我还记得当时唱过的歌"欢迎东北大军，你们真英勇，解放了北京和天津，今天向你们来致敬！"在南阳我只上了几个月的小学，就又和母亲到南京和我父亲会合。

渡江战役后，父亲任南京市市委委员兼南京军事接管委员会主任。当时的南京市长兼军管会主任是刘伯承元帅。来到南京的感觉真是乡下人进城，看到什么我都很好奇。这么平滑的柏油马路，闪闪发光的霓虹灯，真是到了梦境。林荫大道郁郁葱葱的树木在我幼小的心中留下了深刻印象。六朝古都的南京就这样走入了我的生活。尽管以后的岁月，我在这座城市留下了最深的悲伤，但至今我还是深深恋着秦淮河的水、孝陵卫的树木和宏伟壮丽肃穆的中山陵。我深深地爱着这座石头城。

在南京，父亲、母亲都忙于工作，我们一家人只有晚上才能在一起吃饭。当时南京的特务分子活动猖獗，经常制造暗杀事件。出于安全考虑，父亲让我在家中自学，给我布置背诵的唐诗、宋词和毛主席诗词。正是这段时间，我对文学产生了兴趣。父母白天不在，我成了"大王"，可以自由自在地玩耍。当时我们一起玩的伙伴只有谭善和将军的儿子。我还比他大好几岁，我俩天天在一起玩，也给大人们添了很多麻烦。有一次，我和他到地主家的一块地里偷吃西红柿、玩地主家丢弃的小皮船，玩得有声有色、不亦乐乎。被家长知道后，我们还挨了打。尽管当时不服气，还是承认了错误。这段时光是无忧无虑的。如今年老的我看到小朋友们游戏，就不由得想起当年偷吃西红柿的乐趣。

不久后父亲随部队进军大西南，我们又分离了。我被安排到河南开封省委办的子弟学校上学，又重新开始了我的学生生活。

我们的学校叫育英学校，是给干部子弟办的。这里学生的父母都是革命军人和干部，由于大人忙，不能照顾孩子，就都把孩子送到了这里。学校是寄宿制军事化管理，学生都睡在一个大通铺上。同学们都像兄弟姐妹，老师就是父母，统一食宿统一学习。我被分在五年级。不久要发展新中国成立后第一批少先队员。我就暗下决心好好学习，希望能够成为第一批发展的对象。经过我的努力，这个愿望得以实现。我加入少先队时宣誓的情景永远留在了记忆中："我们新中国儿童，我们新少年的先锋，团结起来继承着我们的父兄，不怕艰难不怕担子重，为了新中国的建设而奋斗！勇敢前进、前进向前进！"直到今日我还时常唱唱此歌。这是鼓舞我战胜困难的力量之来源。

在育英学校我度过了两年时光，这两年是我系统受教育的开

35

始，我很喜欢语文课，爱好文学，那时我就向往能够成为灵魂的工程师——文学家。在集体生活中，我建立起集体比个人重要的伦理原则，树立了热爱党热爱人民的理想，建立了自己人生的底色。在抗美援朝时期我们的偶像是志愿军叔叔。我们向往去朝鲜消灭美国鬼子，但年龄太小去不了，就给志愿军们织毛袜子，送上我们的心意。正是经历了这些教育，我们这一代树立起了责任感。这也是对我最重要的教育。

喜欢上了豫剧、结识了常香玉

豫剧名角常香玉为抗美援朝捐献"香玉号"战斗机在当时很轰动。一次，常香玉率团到开封义演，我和几位同学很想去看。我们用织毛袜奖励的钱买了戏票。观戏的人很多，人山人海挤来挤去，本来在栅栏外的我已经给

1998年我在看望常香玉时在她家中与她合影

挤了进去，但我想自己是站票，应该在栅栏外，就用力往外挤，想站在栅栏外（那时人们就是这样认识问题）。往外挤时不慎把裤子撕破大口子，使我很难堪。但为了能看常香玉的"花木兰"，我什么也顾不上。看完戏后，特别崇敬常香玉扮演的花木兰，心中想，长大要做花木兰那样的人；同时喜爱上了常香玉。从此后我就一直关注常香玉。我多次听父母讲她的穷苦身世和抗战时期慰问部队的事迹。她多次被选为全国人大代表。我对她所演出的"红、花、白"（红娘、花木兰、白蛇传）十分赞赏，模仿她的唱腔，至今能一字不落地唱出。记得揪出"四人帮"后，她到北京演出，经常唱

"大快人心事，揪出'四人帮'"，还有现代戏"大脚女人"。20世纪80年代初，她在北京人民剧场演出，我慕名去看她。她完全可以住宾馆，但她始终保持本色，为节省剧团开支，和剧团其他人员住在一起。这使我很受感动。那天我去时她不在，是他的先生陈建章老师接待的我这不速之客。我讲了我父母派我请常香玉到我家的事。后征得常香玉的同意，第二天，我用车把她一家接到我家，共进一顿家常便饭。她谈了多年的努力和坎坷。母亲是河南南阳人，我们全家都很喜欢豫剧。抗日时，常香玉也曾慰问过父亲所率领的部队。90年代我看了《北京晚报》连登了"戏比天大"的报道后，很想能再见到常老师。1998年夏我去郑州出差，三次寻访常老师，终于在最后一次离开郑州的前夕，找到了她的家，见到了她。她住在一个朴素、整洁的小庭院中。我送给她我父亲的回忆录，她很高兴，并答应送我一本"戏比天大"的书。我还未收到书，她就离开了人世。后来我参加了中央电视台"艺术人生"节目纪念常香玉的活动，才知道她在去世前不久，带着重病流着血还给河南民工演唱豫剧。我激动地流下眼泪。这就是一个人民艺术家呀，她是我一生崇敬的楷模！

在开封两年的日子，母亲因病休养，因为军区驻地离城太远，我们就在开封市宋门大街油房胡同三十八号租了两间民宅。房东老太太住正房，我和母亲就住在侧面简陋的房屋。我住在学校，每星期回家一次。母亲很辛苦，拖着带病的身体操劳家中的事，不幸病情加重。一次我在

>> 1950年夏与母亲在河南开封

家中，她腰疼得晕倒了。我吓坏了，不知怎么办。母亲用细微的声音叫我去找省委书记兼军区政委张玺；我费了不少周折终于找到了张政委。在他的帮助下，才用担架把母亲抬到了医院。张政委是我父亲的战友，对母亲很关心，如果没有他过问此事，住进医院，母亲恐怕就没命了。此事令我终生难忘。待母亲病好出院后，张政委又请我和母亲到省委去吃饭。他那慈祥而亲切的笑容给我留下深刻的印象。可惜我再也没有见到他，多年里，我打听他的下落，也没有结果。我永远怀念张玺政委。

育英学校时同学合影（后排中间为作者）

两年过后我又离开了开封，跟随母亲来到父亲新的工作地点——雾都重庆。开始了我的中学时代。

那时，父母亲都很忙，父亲忙于组建炮兵部队，反霸、剿匪、筑路，母亲又上了炮兵部队速成中学，他们和我谈话的机会很少。后来我考入了重庆巴蜀学校中学部，这所学校的初中班（十九乙班即赵一曼战斗班）大都是干部子弟（地方系统和西南

在巴蜀学校中学部初十九乙班时，学习小组活动时留影。（后排左第一人为作者）

在重庆巴蜀学校中学部学习时

军区干部的孩子），我们住在学校，每学期回家一次（后来部队迁到沙坪坝，离重庆市近了一些，我每个月回家一次）。我每次假期回家都见到父母很忙，我只好自己学习或唱自己喜欢的歌"白毛女"、"刘胡兰"歌剧中的插曲，我喜欢毫无顾忌地大声高歌，当时我常在练习本上写上几句打油诗，抒发自己的心情和感受，这些打油诗至今还保存着，时间是1951年年末。其中有一首是这样的：标题是《订计划》："太阳落了山，眨眼黑了天，我把灯一点，坐下细盘算，个人订计划，说和作不差啥。先订第一

▷▷ 1954年7月8日巴蜀学校中学部赵一曼战斗班全体战斗员合影。（后数第二排左起第六人为孔淑静）

青春年少的日子

条，认真学习要作到，写字认真不了草，学习时事更重要，还要把俄文读个好，理论与实际相结合，说到就作到，光阴一分也不叫它白跑掉！做到不是光学习，我还要说说唱唱锻炼身体，总之，有价值之事我才搞，没有价值我不找，只要我努力去实干，我的计划定实现，等我爸妈回来了，我给他们做汇报！"

在重庆我考入了巴蜀中学，这所学校也是寄宿制，一个月才能回一次家。由于我已经习惯了集体生活，很快就适应了这里的环境。在这所学校我得到很好的锻炼和学习，

1950年我陪同父亲母亲在北京看望哥哥时全家合影

从一个懵懂无知的小女孩变成少女，走向了成熟的第一步。在中学时代我的爱好和大多数同龄人一样，心目中的的英雄都是苏联的英雄丹娘、保尔。向往的人生都是奥斯特洛夫斯基的那段名言：人生最宝贵的是生命，生命属于人的只有一次。一个人的生命应当这样度过：当他回忆往事的时候，他不致因虚度年华而悔恨，也不致因碌碌无为而羞愧；在临死的时候，他能够说："我的整个生命和全部精力，都已献给世界上最壮丽的事业——为人类的解放而斗

争。"我的偶像是英雄刘胡兰，我佩服她的勇敢和不怕死的精神。苏联的歌曲贯穿着我的整个生命，给我带来了少女的友情。在巴蜀中学我结识了刘胡兰的妹妹刘爱兰，还成为了好朋友。刘爱兰是军区战斗文工团送来学习的，由于她数学基础差，学习比较吃力，就起早贪黑地补习。每逢周日或放假也不出去玩，都是在宿舍中苦读度过的。我因为不经常回家，总是陪伴着她。她的刻苦和毅力一直影响着我。高一时因为我患贫血症休学一年，就与她分别了。没想到这次离别也就成了永别！听说她一生的遭遇很坎坷凄苦，晚年因为得了重症，是在贫病孤苦中离开这个世界的。作为一位烈士的妹妹，这种遭遇我是很不理解的。也许现在有的人早已忘却了过去，烈士的血早已暗淡了，不见了颜色。可我依然还记得当时我写下的几句话："英雄虽然离开了人世，但她的名字永不会朽，永不会在云雾中消失，她将会永远、永远记在人民的心中，永远让我们学习她的英勇，把一切力量都献给可爱的祖国！"

中学时代就是在这种气氛中结束的。我直到今天仍然哼唱着《莫斯科——北京》、《小路》等歌曲。这些歌将伴随我的一生。这就是我的中学时代美好的记忆。

破碎的梦想

从四大火炉的重庆到北国的沈阳，路程还是挺远的，既坐火车，又坐轮船，长途颠簸。因为父亲工作变动，我们全家又要迁到沈阳了。

父亲调往沈阳高级炮兵学校已先到职，我同母亲随后起程。出发前因我有病，经人介绍，父亲要母亲陪我先到陕西省宝鸡附近的虢镇，找一位中医给我治病。为治病住在一个朋友家中。母亲得给那家人干活，还给我熬药做饭。我对这家人的印象不太好。这家的女主人对人刻薄。我真不明白父亲为什么会让我到这里来治病！那时我常做

1958年夏在沈阳高级炮校宿舍门前草坪上全家合影（前排为父亲母亲，站立者为孔令华、孔淑静）

恶梦，梦见小时母亲带我和哥哥遭敌人捉拿东躲西藏的日子，有时吓得我喊起来。这样我的病也没治好，就随母亲去沈阳了。

那时到沈阳要路过北京，正好能看一下哥哥。哥哥正在101中学学习。

我们坐火车到了北京，住在部队一个招待所——天有店。这里条件很差，小虫子很多，咬得人无法睡觉。哥哥和他的同学柳树滋去看过我们两次。不久我们就乘火车离开北京到了目的地沈阳。这里夏天十分凉爽，夏天过去了，冬天就冷得几乎受不了，因我们来时急未增衣服。一年后我才适应了这里的生活。当时我只想在身体条件允许的情况下，抓紧时间，复习功课。我一心想考北大中文系，实现我当文学家的梦想。

1958年在沈阳高级炮校时全家合影

功课已经准备了两年。这时已是1958年了，大跃进的号角吹响。当时很想去密山农场劳动，这样多少能对国家做一点贡献。但报名时才知道，只能单位组织去，不能个人去，去密山农场劳动的愿望没有实现。最后我到沈阳农学院的实验基地进行了义务劳动，这样使我感到很兴奋，很满足，深深感到劳动创造世界的意义，觉得自己走向社会的人生就要开始了。我没有考北京大学中文系，便一心想在实践中去锻炼，早日参加工作，这种想法得到哥哥的支持。后来也一直未能上北大，这是我一生的一大遗憾，做文学家的梦只能是一个破碎的梦想了。

哥哥带来了李敏

哥哥在八一学校与李敏相识，他们是同学。后来，李敏考入了师大女附中，哥哥考入了师大附中二部，也就是后来的101中学。我认识李敏是1957年，那时哥哥考入北航已经一年多了。李敏上的师范大学。

一次父亲到北京开会，我随他到北京检查病。我长期严重贫血，一直找不到原因。到北京后我住进了北京医院，准备进行骨髓穿刺。不料进医院的当晚，却发起了高烧。医院安排我住一个单间病房，父亲开完会就返回了沈阳。当时他是沈阳高级炮校校长，公务缠身走得急，把我一个人留在了医院。我感到孤独寂寞，哥哥和李敏知道后来看我。说来凑巧，我住的这间病房正好是李敏生病时住过的。哥哥的

1957年孔令华、李敏与孔淑静在北京合影

学校离医院较远，哥哥来不了时，李敏就到医院看我。

初见李敏，给我的印象是她秀气、文静、内向、真挚，总是为人着想，为人分忧解难。她没有以自己有伟大的父亲而自傲清高，相反的，她是以一个普通朋友的身份出现在我的面前。她和我交谈时使我感到她的淳朴、厚道、可爱。我的病检查完后就要回沈阳了。原来哥哥准备和李敏一起送我到火车站，学校有事哥哥脱不开身，他让李敏送我到车站。李敏陪我去看了父亲的战友杨明轩，我们就匆匆忙忙坐了一辆三轮车到前门车站。因为时间紧，三轮车速度有限，赶到火车站时，火车快要开了。我俩拼命跑到已经在徐徐启动的火车门口，先把我的东西扔上去。我再跳上火车。哥哥、李敏给我带在路上吃的水果散落了一地。这次李敏陪我奔跑赶火车的情景直到现在我还记得很清楚。我一直很感激李敏那样紧张、那样辛苦地送我。

我这次到北京很开心，哥哥、李敏与我合了影，这是我们三人青年时期第一次合影，虽已过去50多年了，但至今我还珍藏着。宁静的夜晚，我常常看着这张照片回忆我们年轻时在一起的情景。从那时起我与李敏就姐妹相称，我一直叫她姐姐至今。

哥哥在八一学校时比李敏高两级，是学生会主席，学校的知名人物。李敏在学校也很活跃，爱跳舞，经常登台表演。哥哥在她眼里是既高大又英俊。他们俩可以称得上是青梅竹马，在共同的环境中由相识到相爱。青年时期哥哥对理工科知识由来已久的兴趣对

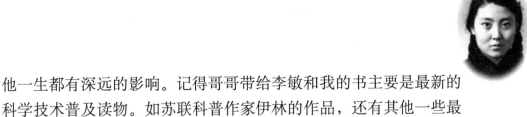

他一生都有深远的影响。记得哥哥带给李敏和我的书主要是最新的科学技术普及读物。如苏联科普作家伊林的作品，还有其他一些最新的科普小册子。给我印象最深的是《电眼》、《趣味物理学》之类。现在许多书名记不得了，但哥哥那种如饥似渴的学习热情和对李敏赤诚的爱，我永远无法忘记。

李敏和哥哥的感情从同学、朋友友谊发展到爱情的事很快被毛主席知道了。毛主席很同意她与哥哥交往。后来哥哥以优异的成绩考入了北京航空学院，李敏领着哥哥第一次来到中南海看望了她的爸爸毛泽东。在这以后的日子里李敏回家时，毛主席就问李敏："令华怎么好些日子没来了？"李敏说哥哥学习很忙。毛泽东说："学习要劳逸结合。你转告他，既要好好学习，也要注意休息。有时间还要到我们家来玩。"

哥哥把他和李敏相爱的事告诉了爸爸妈妈。爸爸妈妈非常高兴。我爸妈是开明的长辈，对儿女的婚事要儿女自己做主。在这以后的日子里，每年暑假李敏和哥哥都一起回到我们沈阳家中。

哥哥孔令华与李敏1959年在中南海

我和李敏相处得很好，我父母也都很喜欢她。后来我才知道，李敏在中南海家中除了得到慈爱父亲的关怀以外，再没有亲人关怀她。她曾讲过，只有收音机和她做伴。她结识了哥哥以后，特别在他们相爱、结婚之后，她有了相依为命的亲人。

1959年8月29日，在毛泽东主席和我父亲孔从洲的主持下，哥哥与李敏结了婚。哥哥和李敏结婚时，我家住在沈阳，母亲因为生病，没有赶到北京参加他们的

青春年少的日子

婚礼。后来我陪母亲到中南海看望哥哥和李敏，看到他们俩生活在一起很幸福，母亲很高兴。

哥哥和李敏结婚后同主席一道住在丰泽园内，主席非常疼爱他们。主席关心他们的成长，经常同他们交谈，在他们身上倾注了一个伟大父亲的深深的爱。哥哥对哲学、自然辩证法、相对论、历史唯物主义、辩证唯物主义很感兴趣，主席经常和他谈论这些问题。主席很喜欢哥哥，说他是个老实人。

我恋爱了

我是一个喜欢文学，做着作家梦、浪漫梦的女孩。也许是受文学作品的影响，一直想象着我的美好爱情应该像罗密欧与朱丽叶、梁山伯与祝英台的爱情那样。我把那样的爱情当成了真实；同时又特别欣赏"生命诚可贵、爱情价更高，若为自由故，两者皆可抛"的爱情观，这样就使得自己这一生在感情的路上坎坎坷坷，所遇挫折和不幸也只有自己品尝了。每每回忆往事，我平静的心田总是荡起波澜。

> 初相识的王弋征

我十八岁时邂逅结识了一位向我表达情感的异性朋友，我们有共同的爱好，都酷爱历史和文学，他知道的比我多。我始终天真地把他当做兄长，我好奇、单纯没有任何顾忌。因为家庭的缘故，我对社会的人情世故也知之甚少，对他也从来不知道问问家庭背景和出身等问题，而这在当时是至关重要的因素。有一天我突然接到他的一封信，信中谈到爱的问题。我很好奇，难道这就是求爱的意思吗！我很忧虑，觉得自己还这么年轻不能涉及这类的感情之事，作为同志朋友是可以，其他就不能奢望了。我后来就这样回答他。过了很长一段时间，在一个偶然的机会看到了他写给我的诗。那一刻，诗中的话语在我的灵魂深处就像发生了霹雳——经过风风雨雨几十年，我还是记得这些诗句——这不正是他对我纯洁爱情的表示吗！今天再读诗中的话语依然那么真挚感人"萍水蒂爱情，邂逅结友谊。相处恨时短，别离何太疾。蜀都无灞桥，山城乏长亭。相送无止处，吻别楼前径。革命情谊深，心心永相印。从业虽有异，同为'康姆尼'（注：共产主义），相互常砥砺，争做创新人。""岁岁依样玫瑰紫，燕巢年年填新泥，改玉（注：改玉是本书作者小名）记否他乡客，痴子夜夜眠更迟，别时战士口无髭，风霜宜耗花青丝，历年征战多辛苦，梦醒夜半常相思，一日挥瀚呼之来，携手同心建边戎。"

人们常说"缘分"，也许真是命中注定，自与他分别后，我们各奔东西都不知道各自的去处，可就在一个偶然的机会我们又相遇了。那年我随父母乘轮船北上，这艘轮船好大，好几层，我在船的走廊上张望，看两岸的景色和波涛澎湃的水流。路过一个房间的门口，门帘突然揭开了，我认识的他出现了。他正在和其他同志打扑克。我吃惊的眼睛直望着他，是天意吗？又让我碰到了他！这时，我才知道他调工作到哈尔滨军事工程学院。可能这就是"有缘"吧。

这以后的日子我和他经常通信，在信

>> 1959年春孔淑静与父母亲在沈阳高级炮校家门前合影

47

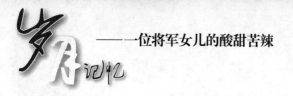

中彼此鼓励，不断重复着"既要爱情，更要事业、上进"的话。那时我是很幸福的。我曾去哈军工看过他，他回老家探亲时路过沈阳也到我家来过。我们那时的爱，完全是"精神"的，在我心里，只有柏拉图式的爱才是真正的爱情。在对未来事业的描绘上，我们争先恐后地一个想当鲁迅式的文学家，一个想当郭沫若式的文人。我最崇拜的是鲁迅，从年轻至今。难得的见面机会，还经常因为评论鲁迅和郭沫若争论不休。现在回想起来非常可笑。那时可是非常认真的，不知天高地厚。

我结婚了

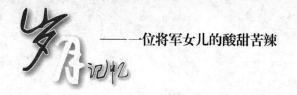

1957年、1958年反右之后，他给我写信讲他与我的家庭差距太大，在爱的道路上应该分手。他还说他可能要从部队转业去支援教师队伍。当时我从未想过他会在反右中有什么问题。直到他转业到牡丹江一所中学，我也从未问过此事。当时我是那么的单纯幼稚。

有一天，我接到他从牡丹江的来信，信中讲他病了。我不假思索，未和家人商量，就买了火车票奔往牡丹江。当时我想，我们之间的友谊也好，爱情也罢，不能因为他的转业就结束了；何况他当时有病，我怎能忍心不理呢？到了牡丹江他的住处，门推开了，屋子里漆黑一片。他躺在床上，一副病重体衰的样子。看到此情景我的心都碎了。我什么也没想，急急忙忙扶起他一起乘火车回到我沈阳的家。不管父母亲同意与否，我把他送进沈阳中医医院。那时医院规定很严，每次探视都要填写与病人是什么关系，如果是亲属、父母、爱人，可随时看望，其他的人只有在探视时间内接待。我一个女孩子，探视处的人一问到此话，就很尴尬。他病情好转出院时，我俩就去登记结婚了。我想，等他再住院时，可以说是爱人了。我也弄不清这是相爱还是同情心，也顾不上父亲还有哥哥不满意的心情，只顾自己，任性随意地处理了这件事。结婚的日子，没有任何客人，非常的平静。唯有邻居送了一面镜子，镜子上有着"胜利果实"的字样。这面镜子至今还挂在我家楼上的屋子里。新婚之夜，我们没有在一起。当时我认为这才是最高尚最纯洁的爱。

婚后很长时间都是两地分居，我在炮校宣传部工作，他已调到新成立的炮兵工程学院工厂工作。我直到快生孩子时才调到炮兵工程学院。当时我在训练部机密资料室工作。那时房子很紧张，我们住在我父母家，与父母一起生活。在三年自然灾害的困难时期，我们都在兢兢业业、踏踏实实地工作着。我有了孩子更是每日繁忙，疲惫不堪。这个时期，全国全军都在组织生产自救，除正常工作外经常参加一些义务劳动。在湖北武昌的紫阳湖畔，我尝到了武昌的酷热和大个蚊子的威力。1962年学院迁到南京孝陵卫200号。那时正是学习雷锋的年代，我与他都上进、积极，在各自的岗位上争当一个永不生锈的螺丝钉。

那时，政治生活中，阶级斗争的空气越来越浓。那一段，他回家很少说话，有一天他突然讲，因为家庭父母的问题，可能会取消他的党员预备期。我听后很震惊，那个年代我把入党当做自己第一生命！我很惆怅，思想上很痛苦。在这件事发生不久，部队开展千万不要忘记阶级斗争的教育活动。正在这时，我又调入沈阳炮兵科学技术研究院，那已是1964年12月的事了。我带着孩子到了沈阳，我与他又开始两地分居的生活。

阶级斗争的教育不断深入，那时讲究"联系实际"，我一想到他的家庭，和他那我从未见过面的父母，心中都会不安。但我始终相信家庭出身不能选择，个人前途完全在于自己。何况他从小参加革命，在军队表现很出色，绝不会有什么大问题。更不会想到我们有分手的那一天。

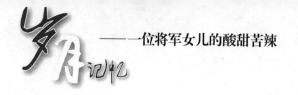
一家人在大连

1960年父亲在大连参加海上某项试验，我母亲有病，我陪母亲也到大连休养治病。当时是旅大市委和旅大警备区交际处接待，住在枫林街158号。这个地方有点世外桃源的味道，这儿原是苏联专家的住处，空空旷旷，都是一座座花园别墅式的房子。那时，正是困难时

1960年在大连全家合影（前排左起父亲孔从洲、母亲钱俭，后排左起李敏、孔令华、孔淑静）

期，外面很多食物都奇缺，而此处各种物品却很丰盛，的确是疗养休息的好地方。这时，李敏和哥哥令华从北京也来此地和我们团聚。这样我们一家人在大连生活了一段时间。那时哥哥在学校担任学生会主席，社会工作多，加之学习工作很紧张，得了神经衰弱症。

毛主席听说哥哥病了，很快给哥哥李敏来了信。记得信的开头写的是"令华儿"，主席要哥哥不要着急，要安心养病，以后学习

1960年在大连棒槌岛父亲孔从洲与李敏（左）、孔淑静（右）留影

和工作的日子还很长，要锻炼好身体，毕业后才能报效祖国。当时我看到这些对哥哥关切的话非常感动。

在这个158号招待所里我结识了毛岸青。说来也巧，这个招待所那时就住了我们两家（苏联专家全都撤走了），

52

每次餐厅吃饭也就我们两家。岸青常到我们住的楼和李敏交谈。第一次来还特意看了我们的父母，很懂礼貌。岸青和李敏他们兄妹感情很深，众所周知在苏联卫国战争时期，是贺子珍带着岸英、岸青、李敏度过那段艰苦的岁月。他们之间都是用俄语对话，我们谁也听不懂。我与岸青讲话只能由李敏翻译。他对我留下的最深刻的印象就是很谦和。岸青身体有病，听说他弹钢琴时经常在眼前出现小人，晚上睡不了觉，说是神经受了刺激所致。

1960年冬在大连枫林街158号李敏与毛岸青留影

我因严重贫血，爱人来探望我。1960年底我怀了女儿小辉，反应很厉害，但我并不知道是怀孕了，以为是别的原因造成的身体不适，因为我从小身体就不好。请了中医来看，号称是御医的一位老大夫。药用了不少，人几乎都不行了，从一个沙发挪到另一个沙发都无法立起。后来西医做化验，才知道是怀孕了。大夫用的中药里有桃仁，红花都是破血的药，怎么会不发生问题呢？真是险些要了命。

待身体稍恢复一些，我们就回到了沈阳家中，我也就到工作岗位上班去了。

1960年在大连棒槌岛父亲孔从洲与孔令华、孔淑静合影

生活的悲欢离合

初为人母

1961年5月我调到了炮兵工程学院工作，我的工作是在训练部管理科技档案。当时院址是在湖北武汉市武昌的紫阳湖畔。正值三年自然灾害最严重的时期，父亲是该院院长，他号召全体人员既要保证教学工作的正常进行，又要利用业余时间生产自救。学院千方百计生产粮食和蔬菜，喂养家畜家禽，用采集来的上万斤榆树叶制造植物蛋白粉，与面粉和在一起蒸馒头，用于补助口粮的不足。

那时没有房子，住在父母家。这个地方春秋冬还好过，到了夏天特别受罪，热得透不过气。虽有蚊帐，但蚊子的威力特大，

初为人母怀抱女儿小辉

常常钻到蚊帐里，折磨得人无法入睡。我从小睡眠就不好，这时又怀孕，难受的程度可想而知。医生检查说胎儿是最低位，后来发展成胎盘前置。我很痛苦，整日都感觉到胎儿向下坠。这种情况还得坚持工作，严格要求自己。这样终于熬到了胎儿出生的日子。因为天气太热，我跟随出差的父母到了我的家乡西安，在军医大学的医院把孩子生下。当时的情景非常危险，我心脏也不太好，又是前置胎盘。是个解放军大尉军医给处理的，隐隐约约听医生问家属要大人还是要孩子，父母就讲孩子、大人都要，实在没有办法时，当然是要大人。在紧张的气氛中，在医生精心操作下，女儿终于诞生了，母女平安。孩子瘦得可怜极了，可能是我严重贫血所致。出院

后在招待所住了一个月就返回武昌。这时，我经常在睡梦中惊醒，总感觉有一老人坐在我的面前。这种情况中医讲是神虚，西医讲是神经衰弱。那时工作都很紧张，人们都以工作为重，我没有休完产假，就上班了。我自幼就关心时事，我在材料上看到报道古巴的革命状况。卡斯特罗和格瓦拉的事迹让我很受感动。现在说起来一些年轻人会觉得可笑，我休产假时，最关心的不是自己身体康复得怎么样，而是关心着两个外国人，那就是古巴的卡斯特罗和格瓦拉。凡有他们的材料报道我全收集来看，我特别崇敬他们为了寻找真理跑遍全世界。尤其是格瓦拉，从此他们就是我心中的偶像，我崇拜他们至今。后来，当得知格瓦拉被美国派的刽子手杀害的消息，我非常难过惋惜，卡斯特罗有病的消息也使我忐忑不安，直到他病情好转康复我才放下了心。有关古巴和他们的情况我都很感兴趣，到了人生晚年依然如故。

　　1962年秋末，我们学院奉军委指示迁址南京，又到了一个新的环境。这儿生活条件比武昌好一些，树木很多，马路宽敞整齐，大学校园气氛很浓。在这儿工作、学习、生活很愉快，特别是有了女儿，下班回到家中就忙些家务事。初为人母，我很是兴奋。但我是个争强好胜的人，工作、劳动一点也没有耽误。那时正是毛主席指示向雷锋同志学习的年代，我要学习雷锋做一个永不生锈的螺丝钉，处处以大庆"三老四严"的作风要求自己的工作和学习。把雷锋同志在日记中写的"对同志像春天般的温暖……对自己缺点像秋风扫落叶一样……对工作精益求精……"作为行动的指南。我是这样想的，也是这样做的。做一个永不生锈的螺丝钉的思想印在我的心中，伴随我终身。

　　在南京炮兵工程学院工作的日子，为了女儿健康成长，我下班后的时间几乎全用在她身上。那几年我从未看过电影，后来有机会看电影时，我都认为看到的是新片，而别人说已经放映过好几轮了，为此经常闹笑话。在那火红紧张的年代连打扫卫生，也要大学

生活的悲欢离合

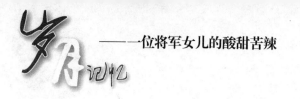
空军（当时空军是全军的先进单位），都有指标。白天没有时间，晚上打扫卫生洗暖气片，修整花坛。一次我在晚上12点才干完回家，我的身体疲惫不堪，记得有次半夜给女儿喂奶时，我累得居然睡着了，打盹时竟把孩子摔在了地上。父母听到响声，从另一间房子赶来，我不知所措，幸好是木地板，要是水泥地还不知摔成什么样子。父母亲批评我，又怜悯我，弄得我很不好意思。

说来也怪，我一下班到家，女儿见我她谁都不要，只是哭喊要妈妈。可能这就是天性，不管再辛苦，看到孩子的笑脸，我就很幸福。更有趣的是有一次，我带她走出了我们的住房，到学院的院子里转了一圈。那时她才两岁多，走路还很费劲。当我带她转到一个湖边时，她突然好奇地发问："妈妈，这是谁尿了这么大一片？"多么天真可爱，因为她没出过门，也没见过什么湖泊、河流，看到了水就以为是谁尿的，她自己经历的就是尿水一片，从没见过这么大的尿片。这就是她第一次出门的感受吧！初为人母的我总处于劳累的幸福之中。

当兵的日子

1964年12月我从炮兵工程学院调到沈阳炮兵科学技术研究院科技部科技档案室工作。又回到了高级炮校时的沈阳东大营大院。这是个新组建的单位，我带着女儿来到这个单位，与爱人两地分居。这个时期正在开展社会主义教育运动和"四清"运动，"千万不要忘记阶级和阶级斗争"的思想已经喊得很响。我每次听传达文件之后，心中总有些担心。联想到爱人的家庭，生怕出现什么意外。

第二年8月初，炮兵科学技术院体制变动，机关保留，并入军委炮兵科技部，科技研究院的从属研究所大部分都转到兵器工业部，交给了地方。我随科技档案室与北京北苑研究所档案室合并，直属军委炮兵。自随单位调到北京工作，我是一丝不苟，兢兢业业，虚心向老同志学习。无论工作还是学习，都很努力。劳动干活我都吃苦在前，就是血染锹耙也不肯罢休。来例假时，干活多，大出血也不肯休息。1966年1月我荣立了三等功，大院广播喇叭播出"革命要像革命的样子"的文章赞扬我，鼓励我。这在女军人中我是唯一的一个。

青年时的孔淑静

我曾在入党申请书中写自己要向雷锋同志学习，做一个永不生锈的螺丝钉。根据我在各方面的表现，入党不会有太大问题，组织上也找过我谈话。唯一的问题是我爱人的家庭问题，已成为我入党的障碍。我的内心非常矛盾。记得他到北京探亲都不能在我家过夜，只能住在单位的招待所。可能是因为我父亲是高级干部，保卫部门就这么要求。但究竟他家庭是什么问题我不得而知。我主动请求组织了解。那时，我把入党问题的确当成第一生命，认为只有这样才是一切从大局出发，才能实现共产主义的伟大理想。

"文革"刚开始是批"三家村"、批资产阶级反动路线。虽然也积极参与，但内心也有些不理解。希望党支部来领导，如果没有支部的领导，真不知所措。但只要是党中央毛主席指示，那是坚决响应的。1966年11月，我们单位组织到北大、清华看大字报，回到本单位也联系实际批判"资反"路线，单位也把几名同志当成重点批判。但当时军队还是正面教育。后来，毛主席接见红卫

在南京炮兵工程学院机密资料室和战友们在一起工作（左起第二人是孔淑静）

57

兵，我作为解放军人员参与接待红卫兵的工作。那时全国各地的学生都到北京受毛主席的接见，最小的只有八岁。我负责接待的学生中，有上海的，山西的。最难管的是上海学生，他们条件好，爱吃零食，嫌弃山西学生，说他们脏，整天爱

劳动休息时孔淑静给战友们读报（左起第四人为孔淑静）

告状。相比之下，贫困的地区或北方的学生就好管理一些。有一次毛主席接见红卫兵后，拥挤中挤掉的鞋，竟用卡车拉了好几车。最后一次接见完后，有些人员不愿意走，因为住在分配的地方，不要钱管吃管住。我们给这些人做工作，希望他们早日回单位抓革命、促生产。做这些人的思想工作，非常费劲，必须耐心，要有不达目的绝不罢休的劲头才行，否则，无法开展这项劝解工作。

1968年冬孔淑静在颐和园与父母亲及女儿合影留念

1967年后，军队也开展了"四大"（即大鸣、大放、大字报、大辩论）。我们单位组织到炮兵大院看大字报，我也兴致勃勃地和同志们一起坐卡车来到大院。我父亲是军委炮兵领导之一，到了家门口，却不敢回去，因

为组织纪律束缚很严，那时人们都很守纪律。想看一看放在父母家的女儿，也未如愿。看完大字报后，又集体坐车匆匆回到单位。记得那次，回到单位马上就开座谈会，在会上我像以往一样讲了自己的看法。但没多大一会儿，别有用心的人就挑起话题往我身上引，说我了解炮兵领导，要我揭发我的父亲！我父亲的群

1969年哥哥一家人与我和女儿合影（前排左起孔继宁、孔辉，后排左起孔淑静、孔令华、李敏）

众关系好，平时严格要求自己，炮兵大院的大字报，竟没有一张是写我父亲的。我没有任何思想准备，也毫无顾忌。因为我自幼是毛主席、共产党救的，在红旗下长大的，能有什么问题。我对讨论看大字报的事很不服气，自己后来却成了审查对象。

我在"文革"中的遭遇开始了，这类的故事我集中写在了后面的"文革中的风景"一节中。

1970年春节在颐和园公园孔淑静与女儿孔辉留影

"9·13"林彪集团败露后，我非常兴奋。不久叶剑英副主席主持军委工作，我父亲也恢复了工作。年底我也回到了工作岗位。1972年10月我的业务工作科技档案归属到军委炮兵科研处。科研处在炮兵大院办公。

批林整风，我扬眉吐气。我再次申请加入中国共产党。又经过几年的锻炼与考验，1975年我终于加入了

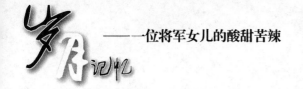

中国共产党。整整十年，我经受住了组织的考验。

1974年1月，寒冷的日子，部队拉练。我积极要求参加。机关女同志很少，但我绝不放过锻炼自己的机会。拉练中，除紧急集合，助民劳动，还要访贫问苦。那时我的儿子很小，还正在哺乳期，为了拉练，我给孩子断了奶。我那时贫血，血色素和白血球很低，为了拉练，为了工作，为了经受住组织的考验，我从不告诉任何人，自己坚持着。急行军时，我喘气很重，在我后面的同志都听到了。到了晚上，累得生理上流血不止，也奇怪，休息一夜第二天就好了。我们到贫下中农家访贫问苦，看到老乡们生活很苦，心情不是滋味。房东家每次开饭，全家老小五六个孩子围到煮了一锅的地瓜旁，争着抢着吃。我们却吃的是大米、白面馒头。我很心疼他们，有时将自己的饭菜给他们一些，还帮他们干一些体力活。在干活上我也是心有余力不足，尽量坚持多干一点儿，但挑水的活确实是个又要体力又要技巧的活，我始终挑不好，老是直晃荡。

完成拉练任务后，回到单位又开始了"批林批孔"。后来才知道，这是"四人帮"搞的阴谋，是整周总理的。但当时我们也不知真相。记得有一次下面部队来人到科技档案室查档案，见到我说："怎么又批孔呢！孔副司令不是已批了好几年了吗？"（当时我父亲孔从洲任炮兵副司令）当时我听了，觉得很好笑。我也很纳闷，难道这些单位都不看报纸、不听广播？

1976年9月初，我又一次去宝坻农场劳动。只要有劳动锻炼机会，我都会积极参加。这年9月9日，伟大领袖毛主席与世长辞。我和大家一样，也是从广播里听到毛主席去世的消息的。我们坐着汽车赶路，迎面来的一辆车几乎和我们相撞，非常惊险。机警的司机把车拐到了路旁小道。车震动得很厉害，我从中间座位摔到发动机盖子上。还好，只受了点轻伤，但是到达目的地时，听到广播里传来毛主席去世的消息，大家都非常震惊悲痛。这时唐山地震没多久，我住在席棚里，和男同志仅是一席之隔，晚上连放屁的声音都听得清清楚楚。因为女同志就我一个人，夜里上厕所很害怕，只能强壮着胆子。这是秋收的季节，我们在地里掰苞米，男同志总在前面，但我也不甘落后，距离他们很近，保持约一米远的距离。我一句话也不讲，闷着头直向前掰玉米棒子，一干就是一上午，吃完午饭继续干。虽然是很累，但心情还是很舒畅，体力劳动锻炼了一个多月，就返回到单位。

"四人帮"被揪出，十年"文革"终于宣告结束了。漫长的十年中，作为普通战士，我受尽了折磨也经受了锻炼。从一个性格内向、不爱讲话的人，变成了一个敢于直言，敢讲真话的人。十年里，我父亲，我哥哥孔令华和我个人家庭都受到了牵连和迫害，和许许多多的中国人、广大革命干部一样，也遭遇不幸。后来，一些熟悉我的战友讲我受到的刺激，没有造成精神失常，是我的幸运。那些岁月里我常常以这样的诗句安慰自己："假如生活欺骗了你，不要悲伤，不要心急，阴郁的日子需要镇静。相信吧，那愉快的日子即将来临，心永远憧憬着未来，现在却常是沉闷，一切都是瞬间，一切都会过去……"我也不记得这诗是谁写的，但至今当遇到不顺心的事时，我常常还会默念这些诗句。

揭批"四人帮"的清查工作随着运动的深入，按照中央的部署在进行着。我们单位也不例外，十年"文革"中，不管是挨整的人，还是整人的人，都在紧张地工作，整理材料或交代问题。我是属于挨整受迫害的人，我们特别扬眉吐气，理直气壮地揭批"四人帮"。那时清查黑信——也就是给"四人帮"写信的人，是很重要

生活的悲欢离合

的内容。说来也挺有意思，据说某单位有一位领导写给王、张、江、姚的效忠信，是在揪出"四人帮"的那天发出，"四人帮"当然收不到了，成了被清查对象。后来，据说有人保，就不了了之。如果是一般干部，不知要反复交代多少次呢！我一直这么认为："官大有人保，小人物没完又没了。"我所在的单位就有一个同志在"文革"中曾整过领导同志的材料，后来也向"四人帮"成员写过信，但退回信的内容远不如他本人交代得具体深刻。按理说这位同志表现还是不错的，但也要把他调离。几经周折，最后还是负责炮兵科研装备工作的父亲，珍惜人才，讲只要认识到错误，工作需要又把这位同志留下了。这位同志始终也不知道为什么让他一会儿走一会儿又不走的原因。

我自幼爱打抱不平，按说经过"文革"就应该知道明哲保身，但我是做不到，也许是本性难改吧。我单位一位同志在"文革"中遭迫害，"9·13"林彪叛逃事件后，得到平反。他工作出色，人品朴实。部队拉练中，我接触过他，晚上我们共同站岗，他从不多讲一句话。劳动中，一言不发，拼命干活，我们好几个人挖一个鱼鳞坑都很费劲，而他一人比我们所有人都挖得更快更好。吃饭也吃得多，一次饭能吃好几个大馒头。我对他印象挺好，他平时负责的科研项目也很出色，在试验紧张时很少探家。他的孩子突然死去，他因工作忙，项目试验离不开，都未回家。这样的人不知什么原因，我单位领导要他转业。谁都知道，他年纪轻轻，又学导弹专业，工作很需要，此事我心中很不平静，就去找领导理论此事。当时急得我不知怎么说合适，只好对领导说，会拍马屁、能说会道的需要，像他这样任劳任怨、踏踏实实的人，工作上更需要，我很希望他能留下。急得我哭了。究竟是什么问题这样急促地要让他转业？后来我才知道他们有说不出的借口，说什么他从未见过的舅舅在台湾。和他负责一个项目的一位爱打小报告的同志，找领导说他脑子反应慢。我想这算什么理由，太荒唐可笑。那段时间他的爱人探亲，住在大院，有一晚上下着大雪，我很同情他们，就到他们住处看望。不巧，这位同志不在，只有他爱人在。我自我介绍是她爱人的同事。那时我也尽所能帮助他，想找个熟悉单位接纳他，因为这位同志是国家培养多年的导弹专业毕业生。后来单位组织大型试验，他就留在单位又工作了一段时间，被调到炮兵装备研究所。在所里还被评为优秀共产党员。在他出差回单位时已有命令把他调到试验工厂。我很纳闷，怎么调动工作、脱军装转业，也不向本人打招呼？但他只说服从组织调动，到哪儿都一样，就到工厂上班了。这件事，我最后也没有帮上忙。后来这个不爱讲话的人，却当上了负责外联的副厂长。

我自幼就想当作家，高中时代就想毕业后报考北大。但只是一个空想罢了。参加工作参军了，就再也没有希望了。但想进大学的门的愿望还是有的。1980年到1982年由于工作需要，我有机会进修，那时我虽已40多岁了，但我决心不能错过这个机会。经过组织批准，我到中国人民大学进修两年，学习科技档案专业。我很努力，全班50个学员，我算年龄比较大的，但我心态很年轻，和二三十岁的学友在一起很融洽，学习很愉快。使我欣慰的是，学习成绩不错，常常受到老师——沈教授的表扬。我要学习同时还要兼顾工作，利用晚上时间把急需办的工作忙完，每日起早贪黑，从炮兵大院坐公交车出发，换三次车，才能换到去人民大学的车。每次车上乘客特别多，我挤车时挤掉了两三顶帽子。我坚持拿了结业证书。这就是中年的我还上了大学的

▶▶20世纪80年代初孔淑静与李敏在炮兵大院家门前合影

生活的悲欢离合

小故事吧！

学习到专业知识，我一心一意把学的知识结合进工作实际。我起草制定了一整套科技档案的规章制度，先后拟定了"炮兵武器装备科技档案工作实施办法"，科技档案工作程序、工

1985年冬在家门口留影

作范围，借阅规定等六个规章制度，成为开展科技档案工作的依据。1980年起草了"关于专业部门管理科技档案情况汇报"，以炮兵名义上报中央军委办公厅，受到好评；经军委办公厅档案处的推荐，多次向军内一些单位介绍经验。1988年全军档案系列高级专业职务评审委员会第一次评审，我被认定为副研究馆员资格（高级职称）。

自然，要完成一项工作与上级领导的重视是分不开的，那时军委办公厅主任刘振杰很重视科技档案工作，当我在人民大学学习时，有一次偶然的机会碰见他，他总是鼓励我说搞科技档案工作的同志都像你小孔一样，我们就少操心了。他称赞我工作泼辣，大胆创新，事业心强。甚至在我退休后，他还想让我写科技档案工作的书。我当时因忙于策划《孔从洲》电视剧，未能完成这项工作，我深感遗憾。他的鼓励使我更有信心把科技档案搞好。我首先向领导反映要改建科技档案室，最后领导同意把东办公楼（大院内）一层东侧的三百平米改建为科技档案室，洋灰地改为水磨石地，为了保持干湿度，有利于档案的长久存放，经上级领导批准，用了三万元为每个库房都安装空调。那个年代安空调的地方很少，足见领导对科技档案工作的重视。那时很长一段时间就我一人，每日用拖把拖干净三百平方米的地面。虽觉很累，但也很兴奋，觉得工作还是很有成绩的。

在这之后不久，整党就开始了，每个党员都要向组织写出自我鉴定，然后再通过党员群众评议。我实事求是地写了自己的优缺点，大家大都评价我各方面不错。唯有我处一位领导很小声讲我"不会迎合人"，我真不知道这是优点还是缺点。但听他口气，好像提的是"缺点"。下班回家后，我告诉父亲和家人，他们却都说是优点，"不迎合人，当然是优点呀！"这真是不同的理解得出不同的结论。我这个人一般总有自己的见解，不会轻易随波逐流，不理解的东西，如观点、事物等总有保留意见和看法。比如今天发生的一些社会弊病，就和20世纪80年代初一些实用主义口号有关。有些放在具体事物中有道理、有作用的话放到指导普遍工作的高度，会产生不好的效果。我盼望，在任何问题上都要坚持四项原则，要让人畅所欲言，让人讲话，天不会塌下来。这也是毛主席和老一辈常倡导的。我们作为一个正直的人，应该永远继承和发扬这种精神。

我被授予副研究馆员后，不久就被我单位"双下"了，意思是提级和退休同时进行。我们虽然提出过在军队服役的女军人应和男同志一样55岁退休，但等这个意见被组织采纳时，我已经退休了。那年我50岁。

这中间还发生一件令人不愉快的事，本来我是完全有希望留下的，这是由我的工作性质和需要决定的。我是总参任命的科技档案参谋，当时有位领导的夫人没有正式任命名额，要留下她就必须把我退休处理，让她顶替我。其实从道理上说，给我个"出路"还是可以

我与我的战友肖润泽、徐克跃在办公室门前合影

办到的。我是军队首批唯一被授予高级职称的科技档案工作者，完全可以改为文职在部队继续服役（文职有高级职称可以工作到60岁）。这件事是和领导要好的战友后来给我讲的。我觉得很有意思，领导为了自己的利益把别人赶走，何况当年把他调到我们单位工作的，正是我的父亲。此事让一些正直的人们议论纷纷，心抱不平。

我退休前单位还发生过一件事情。有几位同志因为参加工作时间或年龄不准给予了改正。我本人也有这样的问题，好心的同志建议我向组织反映，我觉得也有道理。

我本来是1959年参加工作，当时我年轻幼稚，觉得写个整数好记就写了1960年1月。知道情况的同志按组织的要求为我写了证明。但政治部门说不办这类事了。并讲是某领导讲了，"改了的就改了，没改的就不要改了。"我之所以陈述以上事，就是说政策没有延续性，容易造成底下的混乱。对我个人来说，无所谓，事已过往，我早已退休。我这代人都是这样，工作一辈子，很少为个人的事劳更多的神。我1947年就随军，1948年在宣传队，当年和我年龄差不多的孩子都算了工龄，找人证明成了离休干部。也有人问过我，虽然我们都是供给制，但我始终认为，那时随军的我是个孩子，只能和大人一起做些宣传工作，真正工作应该从正式参加工作算起。也就是我上面写的1960年1月（实应为1959年），这样我才心安理得。

"文革"中的风景

风景之一

"文革"运动不断深入，清理阶级队伍的部署开始了。事态发展得很快，也出人意料，我真的成了被审查的重点了。原因自然是林彪在炮兵的代理人要批斗我父亲，叫他靠边站，我受其牵连。造反派每次批我时都说我态度不好，说我不揭发父亲，嘴巴还硬。我说你们认为我父亲有什么问题就去找他问，何必问我呢？造反派穷凶极恶说：

"你要是×××（林彪在炮兵的代理人）的女儿，我们就不问你。"我气得说："谁的女儿都一样，是反革命都应揭发。"那个人也气得直拍桌子吓唬我。

睁个大眼睛的我

我眼睛大，又有个习惯，不论自己发言还是听别人发言，都会聚精会神，看着发言人。造反派就说我态度不好，说我："睁个大眼睛表示不满。"我更不服气，就说："大眼睛是父母给的，怎么办？"这样对我的审问常常不了了之。就让我交了办公室钥匙到生产队劳动去了。后来揭发林彪反党集团时，造反派负责人交代问题时说："林彪在炮兵的代理人布置，打不倒孔从洲，要把他的女儿好好整整。"我才知道了整我的真相。

父亲被批斗，周总理指示："孔从洲同志在'西安事变'中有功，要打倒关押他，要我知道，报毛泽东主席批准。"这才救了我父亲，也为此才说要把我整一整。当时我的心情还是很平静，愿意去劳动锻炼。可以暂时摆脱逼迫我交代问题的痛苦。记得有一次麦收，晚上打场，我身体非常疲惫，晚上干到12点钟，拖着又累又病的身体回到集体宿舍。这个屋实际就我一个人，其他人都回家了。天亮上厕所时晕倒了，多亏有家属发现才把我抬回宿舍。至今我还隐隐约约地记得那两位抬我的家属说，"一年前孔淑静当模范，三等功，喇叭筒经常广播，现在突然又把人家整成这个样子……"许多好心人是同情我们的。有一次造反派把我父亲拉到北苑批斗，拉我去陪斗，一位中层干部批判父亲时把话说颠倒了："孔副司令见困难就上，见荣誉就让。"弄得造反派哭笑不得，把这位中层领导狠狠批了一顿。

在这期间还发生一件事。我们坐卡车去炮兵大院的路上，我和另外一个同志被马路两边的树枝干打伤了。车的速度飞快，自然打得很重。顷刻，我只觉得天旋地转，但脑子还清楚。到了医院后经过医生诊断，是严重脑震荡。也不知什么原因，头部全肿，医生就当机立断要我留下住院。当我清醒一点时，战友看我，我再三告诉他不能告诉我的父母。父亲正挨批斗，母亲在生病

1969年"文革"中的一家人（前排左起孔辉、孔继宁、后排左起孔淑静、孔从洲、孔令华、钱俭、李敏）

中，我不能给他们再添麻烦。但这位战友刚走，我就听见我父亲带着我五岁的女儿在喊找孔淑静。我一下子愣了，原来是那位卡车司机，把去参加批斗会人员送到大院后，看见我父亲在台上被批斗，就跑到后台，悄悄让造反派告诉了我父亲。我父亲才带着孩子急匆匆赶来医院。这时，我说话困难，但脑子还清楚，简直如同重活了一世。看到我幼小的女儿和年迈的父亲，我心酸得直掉眼泪。在医院住了两星期我就回家休养。刚到家没两天，造反派派人要揪我上干校，后来也不知道什么原因，行李都装到车上又不让去了。当时我想难道连上干校的资格都没有了？

运动不断深入，造反派高喊口号，一会儿打倒这个，一会儿揪出那个，运动步步升级。我看形势说不定自己也要进一步遭殃。果然不出所料，我成了我室批判的重点对象。在这前一天，我在公共汽车站，碰到了哥哥孔令华，我给他诉说我的所谓问题可能要"升级"。在那种形势下，哥哥也说不出更多的安慰的话，他只说要我

"经受住锻炼"，还说"江青要上台，我们全家都要人头落地掉脑袋"。我当时不太理解，我说我们与他们没有任何关系，是党和毛主席、周总理解救了我们，给了我们生存的权利。我觉得很委屈。那以后，我又被送到生产队劳动。我长期贫血，检验血时发现"抗连0"很高，医生要求尽快去医院做进一步检查。我请了病假，但没有去医院看病，因为我觉得再没有机会出来了，就跑到301医院一个大病房去看李敏姐姐。听说我哥哥被北航红卫兵关押起来批斗，不能随便出入。我们拥抱着大哭了一场。

1976年的"四五事件"让人难以忘怀。那是在庄严的天安门广场，广大人民群众怀着对周恩来总理的深切怀念，祭奠和追思他老人家。同时也对"四人帮"的倒行逆施的罪恶行径进行斗争。那天，我来到天安门广场，见到人山人海的壮观场面，真是激动兴奋。当日天空下着凄凄细雨，真正是"天人合一"的情感。整个天安门广场，人们都争先恐后挤得水泄不通。各大单位、团体、个人送的花圈堆积成山。让人联想到当年伟大五四运动的情景。那天谁要不来看看这个场面，当时我想，真是太遗憾了。记得我趴在一个并不认识的同志的背上抄诗，记得有一首内容是"总理回眸应笑慰，斩妖自有后来人"。我们的衣物都被雨打湿了，但心里却是热乎乎的。我当时很怕碰到熟人，正这么想时，听见有人叫孔淑静，吓了我一跳！原来是我在研究所工作时的战友李凤琼。她的父亲是北京饭店的厨师，她家就在附近，也来广场看看。我当时看到各种各样的诗词、大字报，大都是怀念总理和影射"四人帮"的诗词，影射江青的最多。

回到办公室我对人讲，谁要没去天安门广场，就太遗憾了！没想到第二天就开始追查谁去了天安门广场。我心中想，等着别人揭发吧，我当着办公室的人称颂过天安门的场面，李凤琼同志还在天安门见过我。但这时毕竟是1976年，人们经过近十年的坎坷和磨炼，特别经过批林整风，人们的觉悟不再像"文革"刚开始时那

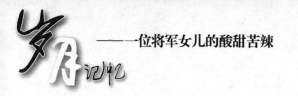
样幼稚冲动和盲目了，没有人揭发。研究所的李风琼同志也没有反映，我这才放心，自己表了个态：我外出办事路过天安门看了热闹，讨论揭发会也就不了了之地过去了。

风景之二

"文化大革命"刚开始的时候，父亲出于对党和毛主席的朴素感情，对以党的名义采取的措施深信不疑。但是，不到半年时间，天下大乱，破坏了党和国家的正常秩序，一片触目惊心的景象。在这过程中，父亲由相信到不理解，由不理解到怀疑、反感……思想上经历了一百八十度的转变。运动开始不久，林彪就鼓吹对军队领导干部要普遍地"烧"，以后他又提出抓军内一小撮走资本主义道路的当权派。造反派全国夺权，大批老干部被打倒，国务院系统受到猛烈冲击，国家政治生活和经济生活陷于瘫痪状态。林彪江青一伙乘机煽动"打倒一切，全面内战"，是非混淆，黑白颠倒。从1966年8月到1971年"9·13"事件粉碎林彪反党集团之前，父亲受到批判、审查达五年之久。

1966年5月，根据当时炮兵党委决定，父亲带一个工作组到重庆炮校检查工作。"文化大革命"开始后，造反派把父亲带的工作组

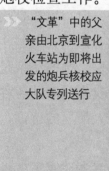

"文革"中的父亲由北京到宣化火车站为即将出发的炮兵核校应大队专列送行

与"文革"中各地所派出的工作组混为一谈。重庆炮校来人把父亲押到重庆炮校批判。看押他的战士平时和他打扑克，领导来检查，收起扑克，都毕恭毕敬、一言不发。

炊事员给他送饭，碗下藏个鸡蛋。父亲群众关系一贯不错，没有架子，大家喜欢他，觉得他是好人。后来国防科委开会（业务会议），科委打电话到重庆通知父亲赴会。这样父亲才回到了北京。

父亲在毛主席关于"关心国家大事，相信群众，到群众中去"的思想指导下，1967年7月以前，处理过两件事给我印象很深。一件是1966年8月，地方文化部门的单位来炮兵大院造反（运动初期炮兵是以地方组织名义派去工作组的单位之一），要黑名单。他们高喊要见一把手，一把手回避了。此时，这些人就包围了我家，闹腾得很厉害。我在北苑研究所，就有人说，你们家被包围。我也提心吊胆，不知所措。但父亲并不是一把手。当时父亲只想到自己应该保护一把手，要相信群众，便主动挺身而出，和那些人谈判。经过彻夜的说理，妥善处理了这个问题。另一件事是院校来造反的学生，反映炮兵工程学院（父亲曾任工程学院院长，这时学院已交地方，属国防科委会）把他们"降级编班"的问题。实际上是把他们那个专业取消了，将该专业的学生并入下一届学习班学习，因为取消这个专业延长了毕业时间，他们对此不满，起来造反。为此父亲找国防科委副主任刘华清同志反映了情况，同意了这批学生和同期入校的学生一起毕业。问题解决了，他们很高兴。以后他们从沈阳回来，还带着苹果来看了我父亲。

1967年7月后，林彪、江青反党集团更加横行，父亲被列为审查对象。林彪"四人帮"及其亲信想进一步整我父亲，因为"材料"不足，就派人到沈阳向曾任炮兵司令员的陈锡联同志调查了解。陈

锡联同志讲，你们要整倒孔从洲，需要经过周总理批准。"造反派"未能得逞，就又布置整在研究所工作的我，以泄对父亲之恨。据说，不久总理指示：**"孔从洲同志在'西安事变'中有功，要打倒关押他，要我知道，报毛泽东主席批准。"**这样我父母才免于了关押之苦。但父亲还是靠边站了，被撤掉炮兵党委委员和炮兵定委主任职务（全称是炮兵军工产品定型委员会主任），和被打倒的同志一起批斗。他们找不到父亲别的问题，只能批判父亲"单纯军事观点"。父亲在被审查期间，仍尽量寻找机会，抓武器装备工作，也就是人们常说的父亲是边被批斗，边抓工作。当时父亲只想自己到炮兵以来，主要是抓科研装备工作，是党交给的任务，纵然撤掉他的职务，经常批斗，他也要尽力做好工作。凡是父亲能去的地方，不管天气多热，还是多冷，在试验靶场、基地都留下了父亲的足迹。有一次在电影场开大会，造反派逼父亲表态说"炮兵常委是黑常委"，父亲气愤地驳斥说"是马列主义的常委，不是黑常委"。林彪集团的亲信利用群众组织逼我父亲写违心的证言，父亲反而写了一张字条，大骂其亲信黑了心，让群众组织交给他。外单位"造反派"来找，逼父亲给一些同志写证明材料，父亲总是实事

求是绝不迎合他们而捏造虚假材料。有时，他们一次、二次，甚至再三再四地逼父亲写假材料，父亲坚决拒绝，一字不写。父亲对熟悉了解的老领导、老同志，无论是上级、同级还是下级，在力所能及的范围内，尽力给予关心、爱护和帮助。

十年动乱时期，许多老同志、老师遭到迫害。1970年，父亲到湖南湘潭二八二工厂出差，有一天在湘潭市招待所食堂就餐时，忽然看到叶剑英同志也在一个角落吃饭。叶帅是林彪背着党中央和毛主席擅自发布"第一号令"强迫"疏散"到这里来的。饭后，父亲去看望叶帅。当父亲问到他的身体情况和需要什么东西时，叶帅很激动，说不要什么，家里给送来了收音机，身体还好。父亲看到老帅被整成这样，心里感到很难过。

李达同志受迫害被关押后，父亲一直打听不到他被关在什么地方。他的家属张乃一曾到我家来过，希望能够帮忙早日打听到他的下落。为此，父亲专门请王猛同志到我家吃饭，王猛当时任国家体委主任，席间父亲谈到李达同志的事，问王猛同志知道不知道李的情况？王猛同志说，据他了解，李达同志仍被关押，家属要去看他，需要找上面批准。于是父亲给时任总政主任的李德生同志打电话，请他批准李达同志家属前去探望。不久李达同志的夫人张乃一同志和子女去看望了李达同志。

1975年，为了开展炮兵科研装备工作，父亲派人借了一份国务院听取胡耀邦同志汇报科学院工作时，邓小平等中央领导同志的插话纪要。当时称科学院工作汇报提纲。父亲在这份文件上批了"建议常委传阅"。"反右倾翻案风"开始后，有人想借此事整人，一再追查此文件是谁搞来的，是从什么地方搞来的。父亲始终坚持说这份材料是我找来，并建议常委传阅的，与其他同志没有关系。文件内容是正确的，对科研工作有利，有什么问题我负责。这使别有用心想整人的人没有得逞。

父亲恢复工作后的1973年12月中旬，刚从福建参加部队试验回

到北京。一天晚上父亲的老战友蒙定军的夫人杜琴岚来访，谈及蒙定军遭受诬蔑迫害的情况，同行的还有原第二军医大学副校长尤继贤和他的夫人陈灵美，以及在陕西工作的陈居心同志。杜琴岚对父亲说，蒙定军在"文革"中遭受迫害，一开始就批斗关押，至今没有释放。父亲听了很气愤，蒙定军是原三十八军工委书记，自己作为历史见证人，在大批革命同志遭到残酷迫害的紧急时期，岂能默不做声、见死不救？1973年12月21日父亲给毛泽东主席和叶剑英副主席写信，并转呈了蒙定军的申诉材料，请求为蒙定军等人平反昭雪，同时希望中央肯定三十八军的革命历史。父亲给毛泽东同志的信中说，三十八军党的组织，是党中央毛主席亲自指示建立的，可是现在原三十八军工委书记蒙定军，委员张西鼎却都诬陷被关押，原在三十八军工作过的党员全部受到牵连，请毛主席把三十八军建党情况告诉兰州军区政委冼恒汉，让他给这些同志落实政策。毛泽东很快把这封信批到军委总政治部，指示大意是："政策为什么没有落实，让兰州军区来汇报。"经叶剑英副主席亲自过问，几经周折，蒙定军等方获释放，恢复工作。

原三十八军五十五旅旅长孙子坤，旅部译电员孙乃华1946年随父亲回解放区时不幸被俘，1947年11月29日在南京雨花台英勇就义。孙子坤同志遗留的三个女儿十年动乱中被视为"黑五类"受到批斗，开除公职，下放农村。父亲获悉后于1973年1月给陕西省西安市政法组复查办公室写了证明材料。但事情拖到1979年3月未见结果。父亲无可奈何，只好上书乌兰夫副总理和民政部程子华部长，才解决了孙子坤同志的政治结论及其遗属的落实政策问题，追认孙子坤同志为烈士。

刘宗宽原为杨虎城将军旧部，后为全国政协委员、农工民主党成员。1949年4月，为了及早解放大西南，父亲受刘邓首长和李达参谋长指示，派人与刘宗宽接头，刘在情报工作和解放重庆中做出过重要贡献。解放后，他被聘任为西南军区司令部高级参议，南京军事学院战役战术教授系副主任等职，后转业到重庆，任农工民主党四川省第一副主席。"文革"中被抄家扫地出门，夫人受迫害致死。父亲从1973年3月至1980年5月先后给鲁大东、任白戈等同志写信反映刘宗宽的情况。其间又通过李达、柴成文等同志向军委和中央统战部反映，几经周折才基本上解决了刘宗宽同志历史上遗留的级别待遇问题。

　　1980年8月初，父亲的秘书带来了一位头扎白巾、农妇打扮的女同志，她还领着三个孩子。她是原国民党七兵团参谋长起义将领李竹亭的夫人。李竹亭1949年任七兵团参谋长，协助裴昌会司令组织了起义，为解放西北做出了贡献。部队改编后任七军参谋长，后调入第一高级步校任教。"三反五反"时七兵团黄金流失案受审查时自杀，妻、子遭返山西灵丘农村劳动。为了落实党的政策，父亲先后两次给兰州军区杜义德司令员和肖华政委写信，并给山西省委罗贵波书记去信，反映有关情况，请求对李竹亭的冤案复查。几经周折，最后是胡耀邦同志批示兰州军区，彻底平反了这起冤案（因为七兵团不管经费和黄金，其后勤补给是由补给区负责供应的，因此不存在黄金流失问题）。由于他们母子三人在北京期间生活困难，父亲就把他当月的大部分工资给了他们，结果使家里当月的生活费

▶▶ 父亲接见了参加第五次核试验的全体同志，并与大家共同振臂高呼"坚决完成党和人民交给的光荣任务"

75

用都成了问题。还有一老同志刘威诚，解放后转业到西安市工作，不料1960年5月竟被错误处理，开除党籍。多年来他一再申诉却无人受理。1978年4月刘威诚要父亲转呈他的申诉，父亲给当时的中央组织部长胡耀邦同志写信，以后又向军委主席邓小平同志反映此事。在中央过问下，刘恢复了党籍。又如崔治堂同志，曾任解放军二野四兵团后勤部副部长，解放后任解放军总后勤部驻重庆办事处副主任。当时，总后勤部部长邱会作，得知他是来自三十八军的干部，就诬陷他是国民党特务，给他戴上"反革命分子"的帽子。邱会作多次派人外调，要父亲写崔治堂历史情况。父亲本着实事求是的原则，如实证明他不是特务，没有政治问题。邱会作继续颠倒黑白，诬陷父亲"包庇老部下"，第一次写的材料他们看后认为不符合他们的"要求"，又派人来逼父亲重写。可是父亲仍和第一次一样，一字不改地照写一遍。他们又第三次、第四次派人前来，父亲仍一字不改照实写出。邱会作没办法，总后勤部最后还是给崔治堂同志做出"没有问题"的结论。

父亲常说，因为这些冤案不仅关系着他们本人的政治生命，而且关系到他们子女家属的政治前途。所以不管阻力多大，不管有什么风险，凡是因为林彪、江青反革命集团迫害的，来信来访的，父亲都竭尽力量，帮助他们向组织申诉，澄清问题，解决问题。1982年以前，来信有过两次高潮。第一次是在粉碎林彪反革命集团以后的1972年至1975年。据秘书粗略估计，父亲给有关部门或当地政府反映情况，要求落实政策并给申诉人回信共167封。第二次是粉碎江青反革命集团之后，特别是党的十一届三中全会以后，党中央决定全面地、认真地纠正"文革"中及以前的左倾错误。从1978年到1982年，父亲回复的信件达556封。父亲一面尽力帮助解决这些同志的问题，一面继续向中央反映情况，希望中央能对三十八军的问题发出指示，督促各级党组织对这些同志落实政策、防止冤假错案继续发生。终于，1984年11月17日，中共中央组织部、解放军总政治部联合发出关于确定杨虎城部三十八军指战员参加革命工作时间的通知。

散布在全国各地的原三十八军的同志，看到或听说这个文件以后，纷纷要求续增革命工龄，落实有关历史问题。在此前后又形成一次来信来访高潮。从1983年2月到1987年底，父亲又收到各地来信1500多封。父亲记忆所及，先后曾向各地批转来信，协商督促落实政策，及为这些同志写出历史证明材料的信函，共有769封。其中仅1985年就发出信函264封，同时接待来访人员百人次。发出的信函，南至广州，北至黑龙江，东至青岛，西至青海，所写的历史证明，使几十位同志的历史得到澄清，并且根据通知的规定，改变了参加革命工作的时间，有的还调整了职级和工资待遇。如陕西省宝鸡市兴隆山林场党的总支书记乔阶平同志，出身贫寒，从小到西北军当兵，参加了"西安事变"。他思想进步，与地下党有密切联系。1946年5月第55师在巩县起义以前，父亲曾两次派他到解放区联系部队起义事宜，他都历尽艰险，出色地完成了任务。但建国后，有关组织一直不承认这一段革命历史。"文革"中惨遭迫害。建国后，他继续工作了三十多年，还只享受20级待遇。后根据通知精神，更改为1936年参加革命工作，调整为行政14级干部，按局级待遇离休。由于落实了通知精神，一些同志心情舒畅，得以愉快地欢度晚年，得知这些情况，父亲感到十分高兴。

1979年7月，父亲还收到山西平陆县城乡公社茅津大队刘居秀等11人联名来信，反映他们支前民工的生活困难。使父亲回忆起1947年8月，西北民主联军三十八军（当时属于陈谢兵团建制）从平陆至茅津度一线强渡黄河，挺进豫西，解放陕南。当时平陆人民群众日夜修造船只，又冒着弹雨，摇船张帆，送部队强渡黄河，为解放战争出了大力。父亲看信后，心情沉重，将来信转给民政部，又给平陆县民政局去信，请求政府对支前民工的生活困难酌情予以救济。

十一届三中全会后的1979年或1980年，从总政转来一封邓小平办公室批过的信件，信中说的是姚警尘同志的案件。这本是一个冤

生活的悲欢离合

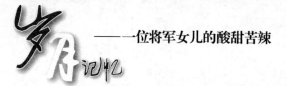

1974年冬哥哥从三十八军回家探望父母与全家合影

案。"文革"前，这位同志是总政的高级干部，因某事骂了总政当时的领导，定罪后不服，绝食自杀。这件事在"文革"前是经刘少奇批示过的，"文革"后刘少奇同志平了反，谁都不想过问此事。父亲接信后非常干脆，写材料证明姚警尘在原三十八军如何勇敢、机智，理应平反。我在父亲身边说，是刘少奇同志定的案子，谁都不敢表态，你这样写，是要冒风险。父亲却说："不管谁定的案，错了就要改。毛主席定的案，错了也一样改。"弄得我无话可说。父亲不仅写了证明，还为此事找了中央领导。后来给姚警尘平反昭雪，在八宝山开了追悼会。

这就是我的父亲，在"文革"这种特殊情况下，他对党的事业一如既往地无限忠诚，对人民无限热爱，为了党和人民的利益，竭尽全力，不管冒多大风险，他都在所不辞。父亲给我讲到"文革"中他最深的体会是：不论是在顺利时，还是在挨整受到挫折时，或者批评别人时，对事对人对己，一定要做到"实事求是"；特别是对于人的问题，要采取慎重态度，每个人在革命队伍里总是做过一些有益的事，对自己了解的上级、同级、下级更要这样。父亲是这样想的，也是这样做的。

风景之三

离开了中南海，哥哥和李敏并没有摆脱江青的阴影。江青对他们一家的态度冷淡，自然是因为李敏的妈妈是贺子珍。"文革"前由于毛主席深爱着李敏和哥哥一家，江青想伸手去动他们是不可能的，所以江青利用"文革"的机会要致李敏和哥哥于死地。一会儿说哥哥是埋在毛主席身边的"定时炸弹"，一会儿说李敏是"5·16"分子，是苏修特务。哥哥与李敏与之进行了坚决的斗争。在那人妖颠倒的年代，虽受尽各种磨难，但他们坚信党坚信人民，坚信毛泽东思想，坚信正义必将战胜邪恶。

哥哥的德才表现，在北航是人所共知的。他在北航读书的五年中，学习刻苦，对同学、老师真诚热情并富有朝气，在群众中威信很高，被选为学生会主席。毕业后留校当了老师。"文革"开始后。他被群众推选为筹委会主任，后来受到了批判。有一次哥哥和李敏去见毛泽东主席时，主席说要他们靠自己，不要靠任何人，并说高干子弟弄得不好就是一场灾难。哥哥告诉我的这句话，给我的印象很深。

父亲在"文革"中挨批判，别人很难想象，毛主席的儿女亲家也会有这样遭遇。可事实就是这样的。我在单位也遭到批判，造成家破人散的局面。前面我写到过，有一次哥哥在公共汽车站碰到我，我对他讲"对我的批判看样子要升级，我很担心"。他却要我接受锻

哥哥与李敏在三十八军时留影

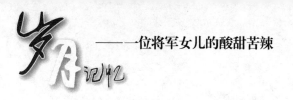

炼，我当时很不服气，委屈地说："我们全家的生命来之不易，我们和江青毫不相干，凭什么要害我们，我想不通……"但以后的事实说明我的想法太天真——欲加之罪，何患无辞。在江青的唆使下，当时有人就大喊大叫地要深挖，要彻底挖，要挖出埋在毛主席身边的"定时炸弹"孔令华。这样的标语口号在很多传单小报上出现过。对哥哥的批判越来越厉害。他被隔离审查，我想去看他。因为我是军人，不方便，只好借了同志的便衣和头巾，换了便装匆匆忙忙走进北航。刚进门就看到了挖出毛主席身边的"定时炸弹"孔令华的大字报。哥哥好长时间未回过家，他一天吃不了一顿饭，压力很大，他的胃病就是在这时得的。莫名其妙的审问折磨着他，使他原来强壮的身体消瘦了许多。造反派还给他戴高帽游街，我当时不理解为什么这样对待一个老实人。但哥哥心里很明白，这一切都是江青在起作用。他对江青其人是有了解的。"文革"初期李敏回家看主席时，主席给李敏说"江青要抓你'5·16'，你要小心。"江青阻止李敏和哥哥去见毛主席。记得那是1974年，江青一伙掀起了"批林批孔批周公"的新高潮，李敏和哥哥对此有不同看法，看到了江青的野心，他们把一时期来江青的言行作了分析，准备了一份材料，提出了江青的问题，其中特别提出江青"以主席的代表、化身的身份出现，以谁也管不了的特殊地位，到处使用特权，破坏党的原则，个人专政"等问题。这份材料他们不能寄出，也不能转交，怕落入江青之手。在那个特殊年代，反对江青就是反对"文革"，就是反革命，是要人头落地的。何况江青一直在说他们是"5·16"，是埋在毛泽东身边的"定时炸弹"和黑手呢。江青显然自己也无权随意去见毛泽东，但她位高权重，有权在毛泽东周围安排亲信，阻止李敏和哥哥进入中南海。而他们花费了许多时间、精心准备的材料最终未能送上。听父亲讲，毛主席很喜欢哥哥，不止一次地谈到哥哥是个老实人，很有朝气。哥哥未和李敏结婚前就常到主席家，聆听老人家的教诲。主席平易近人，知识渊博，善于和人探讨问题。同时他的确像社会上流传的那样，生活艰苦朴素，

对子女要求很严格。有年夏天，他们一起吃西瓜剩下一点，让谁吃谁都说吃饱了，不能再吃了。主席怕浪费，自己把它吃光了。此事虽是小事，但哥哥讲的这件小事给我的印象很深，我很受感动和教育。还有一次，哥哥在北京郊区黄土岗公社劳动一个多月，在一个星期六下午回到中南海家中。哥哥胡子、头发都很长。李敏让他赶快到外面去理发、刮胡子，早点回来和主席一起吃饭。主席不知听谁说哥哥回家来了，主席让哥哥莫到外面去理发，让小周为他理发（主席的理发员周明福，至今还记得这件事）。主席望着哥哥笑起来，那笑容透着对哥哥的疼爱、赞许。主席还特意让卫士通知伙房的师傅，将吃饭时间推迟一小时。本来主席规定他们家里男孩和哥哥都到中南海外边理发店去理发，但这次主席特别高兴，破例让小周亲自给哥哥理发。主席之所以这样做可以说是对哥哥走与工农相结合道路的赞扬，是对哥哥由中南海、由大学生走到农村大课堂的最高奖赏。吃饭时，主席不时地往哥哥碗里夹菜，还对其他在座吃饭的人说："你们也应该到农村去锻炼，向令华学习，劳动光荣。"李敏当时和主席开玩笑说："爸爸，你莫偏心，怎么光给他夹菜呀？"主席说："我这叫奖罚分明，不劳动者不得食。"主席又乐呵呵地笑起来。

哥哥在学校担任学生会主席，社会工作多，加之学习又紧张，得了神经衰弱症。记得1960年暑期，我们全家都在大连，哥哥和李敏也在大连，我们同住在苏联专家刚搬走的招待所——枫林街158号。毛主席听说哥哥病了，很快给哥哥和李敏来了信，要哥哥不要着急，要安心养病，以后学习和工作的日子还长，要锻炼好身体，这样，将来毕业后才能报效祖国，效力于人民。后来哥哥恢复了健康，投入紧张的学习工作中。毛主席还多次告诉哥哥看《红楼梦》，至少要看三遍。因为哥哥是学理工专业的，他对文学方面不太感兴趣。过了一段时间，主席似乎看出他的心思，主动对哥哥说："要你们看《红楼梦》，不是让你们单纯看文学作品，是要你们通过看《红楼梦》了解历史和社会的复杂性。看了《红楼梦》才

生活的悲欢离合

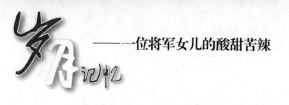

能知道什么是封建社会，封建大家庭。"

哥哥酷爱自然科学、辩证法和哲学、政治经济学。三年自然灾害时期，《自然辩证研究通讯》停刊了。后来复刊，哥哥找了一个机会，把杂志送给主席看。主席对其中第一篇由俄文翻译过来的日本著名物理学家坂田昌一的文章很感兴趣，这篇文章的题目是《关于新基本粒子的对话》。主席在文章的空白处做了许多记号，又派秘书把这期杂志送给哥哥和李敏看。哥哥和李敏他们急切地翻到那篇主席阅批的重要文章。只见文章的空白处主席用粗粗的黑笔画满了圈圈、道道、曲线。主席为什么重视这篇文章？哥哥说他认为应当从世界观的高度看这个问题。这篇文章讲的是物质无限可分的观点。坂田引用物理学、特别是基本粒子物理学的最新成就，对物质无限可分的唯物辩证关系作了论证。这和毛主席辩证唯物主义的观点是一致的。虽然是一篇文章，但讲的是大问题，是宇宙观的问题，这才引起主席的极大重视。主席是善于从大处着眼看问题的。我当时对这些内容的东西看不懂。我和哥哥的爱好相反，喜欢社会人文科学。但我理解为什么主席和哥哥对这类问题如此感兴趣，这件事同样给我留下了很深的印象。主席的贴身卫士曾给我讲："我们文化有限，和主席只能讲讲生活方面的事，要谈主席喜欢的哲学辩证法，还是令华能和主席讲到一起，他们能从深度探讨问题。"主席很喜欢和哥哥谈唯物论、相对论、自然辩证法。哥哥还喜欢研究爱因斯坦的相对论。听哥哥讲主席对这个问题也很感兴趣。

"文化大革命"中，作为毛主席女婿，我的哥哥孔令华也未能幸免于难。在哥哥挨批斗的那些日子，我正在生产队劳动，过度的劳累使我的关节炎病犯得很重，借外出看病的机会，我到301医院去看嫂子李敏。因为哥哥挨批斗不能到医院照顾生病的李敏，李敏一个人住院。当我在301医院病房看到李敏那可怜的样子，我们抱头痛哭。我们彼此鼓励和安慰着，我告诉她哥哥在北航的情况，我也讲着我被单位批判的情况；那时父亲也在遭批斗，母亲又在病中。

1971年3月哥哥调到三十八军，先在一一三师宣传科工作，后在三三八团工作。江青心血来潮、贼心不死把手伸到了三十八军三三八团，说要抓点，又声称要抓

我去拜访曾在三十八军（哥哥曾在此单位工作）任副军长的李连秀同志（原武警司令）时，与其在家中合影

"黑手"。当时的《解放军报》第一版专门登了这条消息。

哥哥对江青的用意看得很清楚，知道江青一来自己就要遭殃，所以江青来时哥哥没有去参加江青对部队团以上领导的接见。果然在接见会上，江青阴阳怪气地说："我有个女婿是在你们这里，他是怎么来的我和主席都不知道，这'黑手'是谁呢，要好好地查一查，是谁叫他来的？不过嘛，他人还是个老实人……"哥哥时时处处以身作则深受军里各级领导干部战士的喜爱，在江青抓"黑手"陷害哥哥的艰难日子里，好多干部甚至许多家属都很同情他，保护他，给他通风报信。后来毛主席通过王海容给军领导打来电话说："孔令华到三十八军是我让他去的，孔令华是个好人，主席问候他好。此话请转告他本人。"这样此事才平息下来。

哥哥在部队兢兢业业工作，领导和同志们都很敬重他。他从来不搞特殊化，和基层干部打成一片，和战士们一起吃大灶。给团以上领导讲辩证法和唯物论深入浅出，大家都很喜欢听。哥哥曾说辩证法要讲得让人明白，一听就懂；越讲越让人听不懂就是"诡辩论"。这句话给很多同志留下深刻印象。几十年后的今天，我去看

生活的悲欢离合

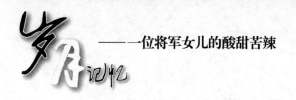
望当时的三十八军李副军长时，他讲这段话时仍赞叹不绝。

1976年7月28日唐山大地震，哥哥当时任三十八军一一三师三三八团副政委，他奉命带领全团官兵赶到唐山。哥哥奋不顾身地抢救受难者，挖遇难者遗体，连防毒面具都顾不上戴，两手扒得鲜血淋漓。记者现场采访他时他一一谢绝。哥哥要记者去采访报道广大的战士，他说这些战士才是真正的英雄。任务完成后，哥哥发起高烧，灾区医疗条件差。他又怕耽误时间，捡到上海医疗队空投的药品氯霉素，抓了一把就吃，药量过多，一下休克了，白血球降到极点，生命垂危。后来被部队紧急送到北京302医院。当时唐山地震送下来的伤员也在这里。当时母亲和李敏都生病，只有我陪父亲赶到医院探望了哥哥。他当时不省人事，吓得我直哭，求医生一定要把他抢救过来。当时军里给他记了功。可我们再去看他时，他只字不讲自己的事，只用他虚弱的声音给我们说广大战士奋不顾身抢救受难者，把个人生死置之度外的大无畏精神。哥哥一贯谦虚谨慎，务实，不图任何虚名。在这不久，全党全国全军在人民大会堂召开英模大会，哥哥没有出席，他坚持让郭忠田团长参加。唐山地震时郭团长有其他任务未去现场，是由哥哥率部队去的。郭团长再三表示哥哥去比较合适，但哥哥考虑郭团长是老同志，又是抗美援朝的战斗英雄，硬是坚持郭团长参加大会，受到周总理和其他中央领导同志的接见。

分　手

这是我心中永远的痛。

1964年深秋，"千万不要忘记阶级斗争"的教育不断深入。有一天我爱人回家脸色很难看。经我再三追问，他才讲他的家在"四清"运动中出了问题，他很怕组织不信任他，更担心影响党籍。我安慰他家庭出身不能选择，个人前途可以选择，党的政策是"有成分论，但不唯成分论，重在政治表现"。当时，我想他十几岁就参军，能有多少问题？他这个人是个工作狂，经常加班加点，辛辛苦苦、夜以继日地工作，好几次累倒在工作岗位上。我当年比较幼稚，虽然为他担心，但总觉得他的家庭与我关系不太大。然而后来事态的发展证明不是不大，是非常大，最终导致我们分手，也可以说是家破人散。

"文革"中清理阶级队伍的部署刚开始，协理员找我谈话："你哥哥找毛泽东主席的女儿这样的家庭，你倒找了个出身不好，还有其他问题的家庭，你是相貌取人，一见钟情，没有阶级观点。"说得我无言答对，一声不吭。随着运动的不断深入，我感到我必须和他分手。当时我想，只有这样做，对我高干的父亲过关才有好处。因为父亲这时已被批斗了。同时传来信息说他在南京也被审查。我把他给我的信和有关东西全交给了组织——党支部。我要一切听党的话，我的认识就是，与他分手，就是最大的公；如果儿女情长就是私字当头。最后我边流泪边写了同意与他分手，孩子归我的意见。一位政工干部还在旁边看着我写。令我痛心的是，当时孩子还小，哭着问我："爸爸有什么错可以改，为什么不让他和我们一起生活？"我无言以对，只能抱着女儿痛哭。1969年秋组织上派人送我到了南京，借助公检法的威力说他隐瞒家庭情况，与他解除了婚约。他竭力辩解，表示不想分手。但无济于事。当时的情景，我至今想起还很内疚，违心的决定，造成我一生中最痛苦的一幕。在以后的日子里，我常在梦中听见他据理力争的"辩解"和不愿分手的声音，梦见他向我走来的身影……

听说他在运动中挨了整，被关押审查，后来又得了舌疝。因为我看到书上讲受了重大刺激易染此病，这和我给他的伤害打击有关。为此，我哭得死去活来。是熟悉了解我的战友开导我，年迈的父亲和幼小的女儿还要靠你，为了他们你要保重珍惜自己。这些语重心长的话语帮助我冷静下来，这时我还被剥夺了工作权利，交了办公室的钥匙，接受在生产队劳动改造。没有多久，到了1971年初，运动中抓"5·16"，又要我交代所谓的问题，因为我始终没有什么实质的问题，就说我态度不好。这时，和爱人分手了，个人也没有任何思想包袱，我还能怕什么。我在自己的窗前写上"不管风吹浪打，胜似闲庭信步"的条幅，激励自己要面对一切不测风云。终于熬到了"9·13"爆发的日子。林彪自我爆炸于蒙古温都尔汗。

"四人帮"倒台后，他的问题经过复查，终于得到彻底平反。以往他向组织部门讲的家庭及父母情况，均都是实情；过去以组织名义强加给他的都是莫须有的罪名，他彻底平了反，恢复了党籍。但此时，我们已分手多年了，没有可能再生活在一起了。我深深知道，我婚姻的失败，"文革"的政治背景是主要原因，但我在爱情问题的违心、不坚定也是一个重要因素。当我父母和哥哥看到了他们单位的平反决定和他的来信时，他们都非常惋惜，反复说他"受冤枉了，受冤枉了"，听说父亲还专门给他写了一封信，对他进行安慰和鼓励。

自1969年与他分手后，26年未见面。26年风风雨雨的岁月不知他是怎么过来的。1995年11月我到原来的工作单位、现在的南京理工大学出差（原称炮兵工程学院）。这儿也是我与他工作生活过的地方。他一直都在这个单位工作，直到退休。我考虑再三，下决心去看望他。到了我原先熟悉的"二百户"（当年就这样称呼这边宿舍），来到他家中，几十年没见，如今他已是满头白发了，但精神很饱满。他一方面说理解我当年和他分手的苦衷，同时也带着埋怨的口吻讲："也有人在'文革'中顶过来不分手的。"我理解他的心情，他怎么埋怨我，我都能够接受，因为总觉得自己伤害了他。他还和年轻时一样自信自负。"文革"中，

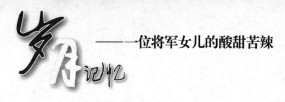

86

他受了不少冤枉苦，还能正确对待，坚强地生活着，我很佩服他，但我们已无法更深一步地交谈了。中午，战友们请我吃饭，也去请他，他竟婉言拒绝了，并说他"还要给老伴做饭呢"！我理解他吧！当我离开南京时，他赠送我他抄录的苏轼的诗词，其中一句是"此事古难全"。

后来我又出差上海，给他打过一次电话。因为他身体有病，我就讲万一有什么事，希望能告诉我一声。他好像生气地讲"轮不到告诉你"，我自讨没趣，但也心甘情愿，心中总是还惦记着他。

2006年的10月初，我突然接到他的电话，说他已到北京，参加书画展览。他已是有名气的书法家。他想约个时间看望我母亲，我满足了他这个愿望，毕竟我们年轻时在一起生活过，我母亲又特别善良，他对我母亲还是很有感情的。短暂会面后，他就匆匆离去了，这次他送了由中国图书出版社出版的《王弋征——寒江书法艺术集》和灵芝孢子粉，他还说这次他太瘦就不合影照相了，等以后有机会身体好些，人胖一些再照。我还去他妹妹处看了他一次。谁知道这竟成了最后的诀别。他回南京后，我曾给他去过一次电话，是想让他给一个朋友写一幅字，电话中听他声音很微弱，并说身体不好，走200米都走不动，待身体好些时再写。谁知他却于12月23日突然病故了。是他的单位通知我的，我们毕竟还是战友，我们还有共同的女儿。单位也是想让我转告女儿小辉。听到他的不幸，我心情很沉重，往事又一幕一幕映在脑海中。这是命运！

12月28日开遗体告别会，我陪女儿小辉于27日晚乘飞机到达南京，前去参加遗体告别悼念活动。他生前一直想看到女儿，但他却从不明说，只能落

温润一生不用强徒有主张天圆地方虚空旷退

一步想一想必竟来路匆匆去路长苦人生还要细思量正

不风雨飘摇看四海连连莊怎能够步步退让总有一箇心顾

不能忘总有一箇热爱不能凉总有一种激情要在瞬

問釋放

右錄易茗詞王弋碎二零零六年夏寒江書

生活的悲欢离合

个"生前未见、死后送终"的结果。我把女儿带到他的遗体前，痛苦地责备自己，他在世时应该让女儿见他一面。女儿在国外也可以把她找回来。女儿在遗体告别会上，沉痛地讲道，自己的父亲是一个光明磊落、品德高尚的学者，她为有这样的父亲而骄傲……

我站在他的遗体旁，心中念唱着："……为君断肠为君断魂……"的歌词与他告别。理工大学从学校领导到一般群众对他反映都很好。学校的一位领导请我们吃饭时还讲道，他是个难得的人才，品德高尚，才华出众。我听后很受教育。回到北京不几日，他的家人给我带来了他的书法作品。他是一个很有作为的书法家。他一生的业余爱好，在晚年充分发挥出来。他给我的书法作品中，有一首歌词很有意义，我看后心中引起共鸣，背诵着，日日不忘。那就是："温润一生不用强，从容不迫有主张，天圆地方处处空旷，退一步想一想，毕竟来世匆匆，去路长，苦苦人生还要细思量。正风雨飘摇，看四海迷茫，怎能够步步退让，总有一个心愿不能忘，总有一个热爱不能凉，总有一种激情要在瞬间释放。"我把此条幅裱好，挂在我的窗前，我完全能够理解他抄录这首歌词的心情和意义。我常常背诵这些内容，觉得对自己是一个鼓励和鞭策，他激励着我生活下去的勇气。我是个性情中人，又爱怀旧，思念自己的战友和亲人，父亲、哥哥离我而去了，我的生命也到了冬天……母亲健在，我要把她养老送终，然后离开这个世界，到另一个世界和他们相见。

重组家庭

我们分手后，我问孩子要什么样的父亲，解放军好不好？我的女儿反问我，"难道他（指其父）有错不能改吗？我不懂出身，但只要他表现好就没错。"

问得我无言答对。我明白孩子问得有道理。在那种年代，谁又能按照个人的意志办事呢？此事我父亲也干预了，后来他给我找了一位出身好、家在农村的解放军普通干部，我考虑这位解放军干部没有孩子，这样对我的女儿会更好一些，我就同意了——也就是现在的丈夫。他的确是一个朴实的人，为党为军队兢兢业业工作，也是值得我尊敬的人，但他的性格孤僻，甚至有时与他讲话也爱答不理，很少关心家庭，思想从不沟通，我行我素。而我的性格、爱好、情趣和他不同，因而生活上不融洽，我很少得到他的关心和照顾，这样导致我想为他做更多奉献的想法逐渐减少了，敬而远之。为此，我很痛苦，我至今弄不明白，我和同志、朋友谈心沟通很容易，同志之间关系很融洽，甚至在这点上曾受到领导和同志们的赞扬，但不知为什么和他很难沟通；我有时想和他谈心，主动谈谈自己的缺点，希望能引起他的共鸣，然而往往总是失败的结果。我至今弄不明白是我们没有感情基础，还是其他的原因。自然用现代人的眼光看，我们早就该分手了，我也有过这样的念头，但一想到他是农村成长起来的人，是穷苦人出身，再想到我的孩子，我的这个念头就打消了。但当我碰到他古怪的性格发作时，我很苦恼、很无奈。我想，毕竟到了晚年，还能怎么样呢？这么多年都已过去了，只能面对现实，承受命运的安排，和睦相

>> 20世纪70年代末我们一家人在家门口合影（左起张焱、张世参、孔辉、孔淑静）

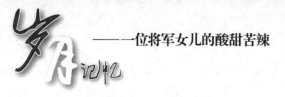

幼儿时的女儿孔辉

我的一双儿女

女儿孔辉出生在20世纪60年代我国经济困难时期。当年怀她时前置胎盘，很危险。

小辉能上幼儿园时，我的工作调到了北京。辉儿渐渐长大，成了幼儿园的文娱骨干，经常演出。我们被批挨整，女儿还得去跳舞唱歌。据说演出少不了她。

有一年，辉儿已上小学了，被中央芭蕾舞学校选上，共有两个人，她是其中之一。记得我正在开中午饭的时间，接到女儿的电话。她小小年纪很激动，希望我能同意她去。我坚决不同意，当时我是这样想的：业余干一下这个行当，参加一些活动我是赞成的，但上这种学校，干这个专业，我是反对的。我对孩子说："你是我的女儿，就要听我的话。"记得孩子在电话中哭着说不去了，表示同意我的意见。我总是希望孩子能多学文化，能长大考上大学。现在回想起来，扼杀了孩子的爱好情趣。最有趣的是孩子上了初中后，整个社会上刮起了一阵参军的潮流，学校的孩子

>> 刚考入大学的女儿孔辉与我在家门口合影

90

们都要去当兵，孔辉也要参军。我不主张孩子这么小就去当兵。还是老主意，要上高中，考大学。想想自己未能去上大学就参军了，终身遗憾。孩子身上再不要发生学业未完成就工作的事。但孩子还是坚持参军去了。孩子走后，我整天像掉了魂似的，闭上眼睛就是孩子从上铺掉下来的感觉。

上大学时的孔辉

这时中央发出了"此风不可长"的批示。那年春节我下决心去到小辉参军的单位把她领回来让她继续读书。

我利用春节放假三天日子，大年初一乘火车前往河北石家庄她的单位。有了中央领导的批示，我理直气壮——我们就是带头执行这个批示。那时都是单位交换对方子弟到有关部队当兵，小兵也很多。小辉聪明，有文艺才能，部队不肯放。我再三找当时师领导，讲明我们要带头响应领导号召，要把孩子接回，他们才勉强答应了。我也理解领导的意图，因为走一个人怕影响一片，后来我知道那批孩子一个也没有回来。有意思的是，没过多久，当时主持中央军委工作的陈锡联同志，在一份文件上批示"为什么孔从洲副司令能把孩子领回，其他的就做不到……"实际是孙子辈，是我的女儿。

大学毕业时的孔辉

父亲给正在上大学的外孙女孔辉写的亲笔信

1979年考大学也有一段小故事。本来第一志愿是北京广播学院（现称中国传媒大学），却让别的孩子顶替

生活的悲欢离合

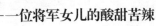
了。此事我很着急，也想上告。回到家中给辉儿提及此事，她有不同看法，劝我不要反映，到哪儿上学都一样，只要有学上，她愿去西工大。孩子就是这样一个好孩子。我的辉儿就这样第二次离开了我，离开了家去西安上了西北工业大学，走上了独立生活的路。那时我非常想念她，特别是西安地区发生"出血热"这种病，也有个别同学得了此病丧了命。一想起此事，我的心情就忐忑不安。我的父母很关心她的成长，父亲给辉儿亲笔写的三封信，至今还完整的保存，在父亲画册和画传中都登载过。女儿于1983年大学毕业了，被分配到航天部706研究所工作。她朝气蓬勃，好学上进，工作表现突出，立了功有了喜报第一次送到我家，全家兴高采烈，女儿的出色表现是给家长最大的安慰。这个单位有军品、民品工作之分，大多数人都愿到民品部门工作，我女儿回到家中讲到此事时，却说："妈妈，我上军品部门吧。都愿上民品部门，那军品部门谁去呢？到哪儿工作都一样。"亚运会前夕，单位选拔考核人员时，辉儿群众评议和考核成绩都通过了，这是一个出国学习的机会，后来主任想要去，她很赞同，她说主任年龄大，我年轻，以后有机会。周围的同事们还议论，公布名单是孔辉呀，怎么换人了。主任还特意到我家，讲到这个年轻人的不寻常。不少人都坐不住，她却在机房一待就是半天，什么事都能让人，对人很宽容。女儿不喜欢的是拉关系，她不擅长这样处事，她最愿意用自己的能力踏踏实实地工作。

1990年初，出国渐成潮流。女儿准备去看看外面的世界。我

▶▶▶ 我与我的外孙渊渊

当时是反对，不太想让孩子离开我。因此，出国的一切手续都是她自己跑的。她始终坚信，靠自己也能办成，不找任何关系。这就是我的女儿！她出国到澳大利亚悉尼，下飞机后，举目无亲。我佩服她的胆量。也是她的命运，下飞机找了一个公司的电话，打通后，果然就用人。她即刻就去报名考核，结果考上了。租了几人合住的房子，开始了独立谋生的出路。听孩子讲那儿最大的特点，就是不拉任何关系，凭自己的能力。她在那儿工作心情很愉快，工作很卖力，得到老板和同事的好评。她总是兢兢业业地工作，休息日不给工资也同样要去上班。她觉得上班是她最大的乐趣。同事中有的不理解。自然，在我们今天的市场经济社会中，恐怕不是不理解而是觉得"傻"了。实际上，这是一个人的品德问题，我的女儿自幼受的教育和她自身的修养，使她变成一个认认真真工作，老老实实做人的典范。我为她而骄傲。

十几年过去了，她的儿子在她的教育和培养下考上悉尼大学，大学毕业后又考上悉尼大学博士。成果的背后，女儿费了多少心血呀！有时我感到内疚，帮助女儿太少了。又埋怨她离开我到异国他乡，让我年复一年的思念。女儿一步一步地走远了，三次离我而去，越走越远。这就是命运的安排吧！

>> 怀抱百日儿子张焱

儿子张焱是"9·13"后的1972年出生。为什么特别提及了"9·13"？是因为"9·13"以前我被审查失去了工作。那时林彪、"四人帮"一伙要整我的父亲，我算是被株连吧。在"9·13"后，我又恢复了工作，心情稍缓和一些。但是劳动是家常便饭。我把每次劳动当做锻炼自己的机会，心情就会好一些。焱儿在娘胎中就很顽强，我多次扛着稻子和麦垛，累得喘不过气来，他依然没

生活的悲欢离合

>> 我与女儿孔辉、儿子张焱在海边游玩时留影

有任何反应，终于坚持到出生的日子。这时，我三十四岁了。我自幼心脏不太好，父母特别担心，我生他时会有什么危险。老天保佑，总算平安顺利地渡过难关。

儿子不断地成长，3岁时进了幼儿园。大多数孩子回家后就不愿上幼儿园了，他却不同，每次都高高兴兴地去幼儿园。甚至在幼儿园注射防疫针或打疫苗时，也从不哭一声。老师们称赞孩子憨厚，可能这就是他的气质。记得有一次同园的双胞胎小朋友，玩耍时给他鼻孔灌了不少土，我得知以后就很想找那个孩子的家长说一说，让家长去教育孩子不能这样做。但小小年纪的儿子却给我讲："妈妈不要告诉他家长，他不是故意而是和我玩的，你要告诉家长会打他的。"这么一点儿都懂得这个道理，多么善良的心呀！上小学六年级时，他还当了班长。有个小故事，至今我还没有完全理解。有一次他向我要10元钱，没有给我说出究竟做什么用，我很生气，让他说实话。他支支吾吾没说出来，这时在旁边的同学替他说了，"张焱给我们班每人买了一根冰棍，告诉我们不要说是他买的。"我觉得很好笑，什么意思呢？我虽消了气，但我仍坚持说他不讲实情是不对的。以后还发生过几次宁愿自己吃亏，也要让别人占便宜的事。他从小在我和我母亲身边长大，受到大人们的熏陶。这一点现在很多人可能是难以理解的。

那年张焱考大学时，正是我父亲病重的艰难岁月，我父亲再三嘱咐他好好复习功课，不要天天到医院看他。但张焱放心不下外公，总往医院跑，没有考上理想的大学，上了一个文理兼收的大学，学的是财会专业。我父亲多次讲，这个孩子忠厚老实，喜欢历史，还是争取做一个老师吧！但这个愿望没能实现，因为学的财会专业，毕业后调到哪个单位都让你搞财会。在他未考取大学之前，我曾想让他当兵锻炼。他没有当成兵，是遗憾的事。那年他高中毕业时，父亲已去世，全家处在悲痛之中。那时我还不知道找关系，总参一位领导讲，这件小事在本单位就能解决，我希望单位解决，就不麻烦别人，傻等着通知。但最后单位名额都分配完了，也没有张焱，我心中着急，又无能为力。

焱儿是一个喜欢文学、历史的人，他每天晚上下班后，除了到健身房健身，就是跑书店。读书是他最大的喜爱。他买的书内容很广，数量也大，他的房间摆满了各种书籍，业余时间就是以书为伴地生活着。他的历史知识比较丰富，我自不如他。在当今社会中这样的青年人还是难能可贵的。2006年9月纪念我父亲诞辰100周年，焱儿真的用业余时间著书立说了，他写了一本10多万字的书《也无风雨也无晴——外公孔从洲将军传奇人生》纪念外公，显露出他的

>> 我带一双儿女在景山公园留影

生活的悲欢离合

95

才华。业内的行家都赞扬他鼓励他。著名作家陈忠实和年轻的才子辛旗给他的书写了序。据了解，读者反映也不错。我也很欣慰，为儿子能写出反映历史真

>> 我与女儿孔辉、儿子张焱在家门前合影

面目的书而骄傲。为出版这本书他查询了许多资料，他在我父亲身边，父亲也给他讲了不少鲜为人知的故事。这算他的处女作吧。期望他今后还能写出更好的作品。我也经常鼓励他："你的本职业务工作就是生活源泉之一，出色的完成好本职工作，再用业余时间发挥自己的爱好，这是最实际可行的办法。把一切作为锻炼自己的机会。"这就是我的座右铭，也期盼焱儿也能这样去做。你的外公在天之灵也会含笑九泉、深感欣慰的。

先学会做人再学会做事。焱儿在这方面也是值得一提的，虽然在他成长的路上，也遇到过坎坷，也有过教训，但他骨子里还是诚恳朴实的气质。他对人对事比较客观、宽容，也是一个常以"和为贵"为做人标准的人。父亲在世时常说："这个孩子很实诚，他可以为朋友把衣服脱了送人都可以，只要别人需要。"应该说和今天要创建"和谐社会"的潮流还是相吻合的。但焱儿又有他爱憎分明的一面，有自己的看法和见解，不随波逐流，这点是我期望的。因为我就是一个爱憎分明的人，自然也希望自己的儿女不仅要"和为贵"地处理一切事物，更要在人生道路的关键时刻，做到爱憎分明地对待各种人和事，这样才能达到追求真理、明辨是非的目的，才能算一个完整的人。

哥哥遇难，致命的一击

1999年广州要筹办纪念毛主席的活动，即举办毛主席在广州文物图片展览。此事是李敏的战友老叶同志联系的，他请哥哥令华去商谈。哥哥立刻驱车由深圳前往广州。商谈后返程时在广州至深圳的高速公路翻车受伤，骨折九根，送入深圳红会医院抢救，手术时出现事故，突然停止了呼吸。噩耗传来，晴天霹雳，好好一个人突然就没有了，我怎么也不敢相信这是事实。我永远也不会忘记那一天，当时我正在整理哥哥和家里人的一些照片，怎么就那么巧？想着哥哥就传来哥哥的消息——却是晴天霹雳的噩耗！至今想起来仍有许多不能让人理解的事情——哥哥死了，事情都无任何追究，交通肇事者逍遥法外；红会医院的医疗事故本是事实，却又化为乌有，说了一个"粗心大意，接受教训"，就交代过去了；连事故都没有弄清，谈何教训？

记得深圳市卫生局一位处长回复我为追究此事写的信时，说他们和我一样的悲痛，他们责成红会医院今后接受教训。人已走了，再提也没有用。他们这种说法的目的就是一切不了了之。像这样，世界上还有什么公道可言？对我这个一无权二无钱的退休人员，只

1959年8月29日，毛泽东、孔从洲在中南海主持孔令华与李敏结婚时的合影（前左五为孔从洲、左四为李敏、左七为孔令华）

1963年毛泽东主席70寿辰时与孔令华、李敏在中南海家中合影留念

能是走投无路喊冤无门的了。哥哥突然离去的事我一直隐瞒着年迈重病的母亲，至今没有讲明。接到哥哥突然离去的噩耗，我当场晕了过去。待我醒来时失声痛哭无法讲话。母亲生了八个孩子，唯有哥哥与我活下来并生死相依。哥哥他还有许多事情没有做完，他正准备春节回北京著书立说，研究思考在新形势下宣传马列主义毛泽东思想邓小平理论的课题，为祖国的改革开放事业大展宏图，做出新的贡献；他还要回忆毛泽东主席许多次和他谈话的情景。他的年迈的母亲，他的爱人，他的妹妹需要他呀！他为宣传马列主义毛泽东思想付出了宝贵的生命，他一生受了多少委屈，是别人很难想象，也很难对人言说的。也许是毛泽东女婿的缘故，"高处不胜寒"。他从不计较个人得失，荣辱地位，这些仿佛都与他无关，只有繁忙的工作才是他人生的价值。不管遇到什么样的困难，受了多么大的委屈，他都充满信心。失败、受骗他从不灰心，造谣诬蔑他都嗤之以鼻，只要他的同志得到了发展，他就高兴，培养了别人也是一种欣慰。他最能忍耐和宽容。哥哥经常给我讲，也算他的名言吧，他说："我和魔鬼打交道，但我绝不会变成魔鬼。""外人不了解实情，凭他

看，凭他说，都是正常的社会现象，只要自己心胸开阔，心底无私天地宽嘛！""活着就干，死了就算。"我经常想到哥哥讲这些话，特别是他受的委屈和他的宽容，更是历历在目。

1976年10月7日粉碎了"四人帮"，江青之流被推上了历史的审判台。哥哥、李敏、我们全家和全国人民一样兴高采烈参加了游行。被"四人帮"迫害的人们开始扬眉吐气地揭批林彪、"四人帮"的罪行。哥哥与李敏，亲身感受到江青的迫害，身临其境，感受很深。粉碎"四人帮"，他们感到又一次获得了新生。被林彪、"四人帮"颠倒了的历史又恢复了本来的面目。父亲孔从洲在中央军委叶剑英同志的关怀下，恢复了工作，继续主持全军炮兵常规武器装备的科研工作。我也回到了原来的工作岗位。哥哥和李敏也感到了一种从未有过的轻松，多少年来压在他们头上的石头搬掉了。江青再不能陷害欺压他们，国家民族也有了希望。但他们高兴的心情没保持多久，李敏又成了国防科委批判的对象，这个受林彪、"四人帮"迫害多年的人，一夜之间又成了与"四人帮"有牵连的人。这自然也与当时批判毛泽东主席晚年的错误有关。哥哥、李敏是毛泽东的女儿女婿，他们都受到了牵连。我一家也因为李敏的遭遇受到冷落，令华哥哥首当其冲。

哥哥为了向上级反映李敏的真实情况，材料写了一大堆，手上都起了泡，他们始终相信

1976年9月李敏、孔令华在家中祭奠父亲毛泽东
（前排张焱、孔东梅，二排左起钱俭、孔从洲、李敏、孔令华，后排左起孔辉、孔淑静、孔继宁）

孔令华在他的办公室与妹妹孔淑静合影

组织相信党，但送上去的材料石沉大海，没有回音。李敏整日愁眉不解，不知究竟是什么原因，领导为什么对自己的态度一百八十度地转变，不知自己到底有什么错？哥哥只好开导安慰她。1980年万里同志代表中央领导说："李敏是个好同志，长期受林彪、'四人帮'的迫害，没想到国防科委把李敏搞成这个样子，把李敏和江青联在一起，根本不合逻辑。这是个天大的冤案，问题一定要解决，我的这些话是我们集体的意见（指中央领导集体意见）。"但此话国防科委仍置之不理。中央军委得知李敏情况后非常关心。罗瑞卿同志出任军委秘书长，得知李敏的情况后非常气愤，表示："等我从国外治病回来后，我要亲自处理。"黄克诚同志在军委任书记时也非常关心李敏的情况，托军纪委副书记甘渭汉同志和总政副主任朱云谦同志找国防科委领导谈话，要求他们解决李敏的问题。黄克诚同志明确指示："李敏没有什么问题，告诉国防科委领导，要让李敏上班工作，恢复组织生活。如有什么意见，你们党委可和李敏同志当面谈嘛！"但这一切最终仍是毫无结果。余秋里同志任总政主任时也非常关心李敏，并亲自指示："看来国防科委一时做不通工作，可以先调到总政来。"给李敏生活作了具体安排。在这之前的很长时间里，哥哥和李敏的生活都相当困难（这些内容在李敏著《我的父亲毛泽东》和我写的《唯实》一书中都已写过）。

哥哥在三十八军工作了十年，先在一一三师宣传科工作，后到三三八团工作。他平易近人，干部和战士很愿接近他。他给干部战士讲自然辩证法，给到部队锻炼的青年讲辩证唯物主义、科学社会主义的政治课，深受广大指战员和学生们的欢迎。几十年后，当年听他讲课的人讲起此事仍然念念不忘。

当时的三十八军领导很关心哥哥，为了哥哥在事业上有更大的发展，同时离家近些，便于照顾李敏，军领导向北京军区领导反映，于1981年调哥哥到北京卫戍区工作。哥哥被分配到政治部宣传部工作（任副部长），哥哥尽职尽责地完成分给他的各项任务，受到领导和同志们的赞许。参加党校理论学习班，考试成绩不仅自己各门课程考试优秀，还辅导其他的人，给他们讲课，得到参加学习班同志的好评。几年后，这些人不少都成为人民解放军的将军，见到哥哥时，还是一再讲哥哥的讲课，使他们受益匪浅。

1985年，49岁的哥哥被免职，从此没有了工作，并且规定，一不准转业，二不准退休（年龄不够）。困难中，我建议去找有关领导（也是哥哥和李敏曾经帮助过的人）。哥哥不同意，再三给我讲："好妹妹，只要能给人民干点事，有饭吃，就不要求别人，当时人家困难帮助了人家是应该的，不要求回报。"

哥哥曾是北航毕业的高才生，航空部的领导也了解哥哥的能力。当时航空部的领导对哥哥的处境表示同情，于是就借调到航空部系统。这一借就是5年，借调总不是长久之计，在这种情况下，我和父亲商量让哥哥到政治学院做一名教员，哥哥也很同意，这是他的愿望。哥哥是搞学术的，讲哲学，讲自然辩证法，讲政治经济学，研究哲学理论、相对论都行。父亲了解到当时政治学院正需要这样的人才做教员，父亲找过这个

中共中央原政治局委员、书记处书记习仲勋同志与本书作者合影

生活的悲欢离合

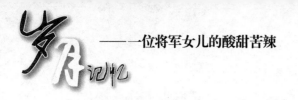
单位的领导希望他们能给予帮助，这是我父亲有生以来第一次为子女工作的事求助于人，但结果领导没有同意。他们宁愿到地方招人来任政治学院教员，也不接受军内能调整的在职军人，为此父亲及我们全家都很伤心。

父母亲给了我爱打抱不平的气质，使我从小就有这个特点，为了朋友、同事的事，我能舍弃个人的一切，何况是我的亲哥哥。我要为他论理，我决定去找习仲勋同志帮助。他是那样好的一位老人。但凡有一点办法我都不会给他添麻烦，这会儿真正无路可走了。习书记是父亲的上级、战友，很了解父亲的为人，知道我们一家人为党为国为民的历史情况，他也深知父亲从不提及个人的事。他非常热情地在大会堂的办公室接待了我。他平易近人和蔼可亲。我把哥哥这几年的有关情况给他详细地介绍了一遍，他激动地讲："毛泽东的女婿也得给出路。难道连工作的权利都没有？何况令华是个德才兼备的人才。"他当即在我写的信上批给赵东宛同志酌定，请能予以转业。

1990年10月3日哥哥办了转业手续。当时我父亲已重病住院，哥哥被所在单位免职，又不准到政治学院当教员，随后被航空部借调，又派哥哥到深圳创办深圳瑞达科技实业有限责任公司。哥哥去深圳办科技公司，纯属无奈。父亲临终前就对我讲："你哥哥走这条路是逼出来的。"父亲很担心他，始终认为哥哥是个做学问的实在人，办公司不适合哥哥的性格。但哥哥的事业心很强，既然已无其他路可走，只能走这条路，而且要走就要走好。他也很有信心，在改革开放的大潮中锻炼自己，不管遇到多大的困难，他都要迎上去努力奋斗。

由于一直不给李敏分配工作，从1977年到1996年，她一直在家闲住，无人过问。李敏了解令华事业心强，不会像她一样在家待着。那时，哥哥一要工作，二要生活。李敏支持哥哥去深圳办瑞达科技实业有限责任公司。有了经费，才能更好地宣传马列主义毛泽东思想。为了实现这一宏伟目标，哥哥经常奔波在外，要两三个月才回北京一次。每次回来哥哥都要给李敏买好食物存入冰箱。我也力所能及地有时

在人民大会堂的团拜会上曾庆红同志与孔淑静合影

过去照顾一下李敏。父母晚年，都由我来照顾，我们都很理解哥哥，只要他能做好工作，照顾好李敏，我们就知足了。

1996年3月21日哥哥又一次向组织反映李敏的问题。在这之前的1993年我陪同哥哥去找过中办主任曾庆红同志，哥哥向他汇报了李敏的情况，希望组织上能对国防科委揭批李敏的事有个结论，使她了却这桩心事。第二年在人民大会堂，团拜上我见到曾庆红同志时还谈到此事，并与我合影留念。1996年春节期间，也就是哥哥又一次反映李敏的问题后，曾庆红到家看望了李敏。1996年6月总政唐副主任秘书给哥哥打电话，说了哥哥写信反映李敏的情况后，接着说中央军委已有批示，1996年7月1日起李敏享受副军待遇。1996年8月2日总政领导看望了李敏并转达江泽民主席以及中央军委领导对她的慰问与关心。

为此哥哥和李敏给当时中央领导写了一封感谢信。由我在1997年春节团拜会上亲自交给了江泽民同志。

哥哥与李敏这对从小青梅竹马，老年患难与共的恩爱夫妻，共同走过了四十多年。1999年我去看望毛主席的秘

在毛泽东的秘书罗光禄老人家中，孔淑静与罗秘书夫妇合影

生活的悲欢离合

书罗光禄，当年哥哥和李敏举行婚礼时，主席派他接的我父亲。他们夫妇讲，"我们知道你哥哥有多苦。他和李敏最幸福的时候是在中南海生活的日子。我们常看到他们在大道上散步，很羡慕他们。自他们搬出中南海

我与《唯实》一书审稿的"毛组"负责人李杰在他办公室合影

尤其'文革'开始后，他们至今也没有好好过过。李敏一直有这事那事，你哥哥跟着她也没完没了，受了不少委屈。让他们多珍重。"

哥哥的突然离去，对我是致命的一击。我含着眼泪，只能把我日思夜想的一切写出来，替我的母亲、我的李敏姐姐和我那已在天国的父亲，纪念我那命运多舛又令人永生难忘的哥哥。2003年3月终于出版了纪念哥哥的书《唯实——我的哥哥孔令华》。

但要出本书还是很艰难的。我把书稿送给我的朋友辛旗同志看了，他很感动，我书上的序是他写的，他很愿帮助我。他把书稿又给了他的学友——海南出版社的一位副社长，他们都为我写的事迹所打动，甚至流下了眼泪。这本书写的主人翁是我哥哥，但他毕竟是毛主席的女婿，是毛主席的亲属，书中难免涉及毛泽东，必须先经过中央文献审查后才能出版。无奈，我只好拿着书稿和海南出版社编辑按照出版的程序，去找"毛组"，当时负责人李杰同志热情地接待了我，他收下书稿。我们先后谈了两次，达成共识。这时我也认识了陈晋同志，是他们一起审稿的，这本书才在2003年3月出版。

我与《唯实》一书的"毛组"审稿人陈晋老师合影

父亲回忆录出版前后

孔淑静推着病中的父亲孔从洲游览花园

父亲1985年底在一次人大常委会开会时，心脏感到不适。没有几日就因心梗住进了301医院南楼病房。从那时起，我每日下班后就到医院看望父亲，星期日全天陪伴着父亲，年复一年的这样度过，直到我退休。退休后几乎每天都到医院陪着父亲，有时和他聊天，既谈论国家大事，也谈生活琐事。父亲病情稳定时也出院回家中住一段时间，经常出出进进医院。

1988年父亲又犯心脏病了，这次很重。母亲虽然身体不好，但也常到医院看望。我的儿子张焱上中学，有空时常到医院伴随外公，他知道好多与外公有关的历史故事，大都是我父亲在医院讲给他的。我多次建议301医院能请我国著名心脏专家、协和医院院长方圻教授给父亲会诊。医院觉得不可能请到方教授。我不甘心，为了我父亲的病能好转，我要想尽一切办法，找到这位技术高超、品德高尚的方圻教授。当时我想白天上班，不方便找，就想晚上到教授家里去找。但苦于不知道地址，打听了半天，只是知道教授家在协和医院附近的院落。我找了几个院落，都没有结果，直到最后一个院落，才打听到方教授的家，我真是喜出望外。我小心翼翼地敲门进了客厅，光线很暗淡，只有教授一人坐在沙发上看书。见我这个陌生人进去，他诚恳

106

热情的问我是谁，有什么事找他。我讲了我的来历，恳请他到301医院给我父亲会诊，他很热情，满口答应了。他好像很了解我父亲。他说："孔从洲我知道，是个好人。"我坐了片刻就告辞了。

著名心脏专家协和医院院长方圻教授与孔淑静合影

第二天下午两点钟，我接方教授到了301医院南楼病房。301医院院长，主治医生，就连好久都不太出诊的301的黄宛教授也赶来病房。方教授对病人亲切和蔼的声音，给我留下深刻的印象。能遇到这样对待病人的医生，病都会好三分，这样说一点儿也不过分。父亲也深深体会到方教授的人格魅力。方教授给父亲诊断后，把所有的药进行了调整，使父亲的病转危为安，稳定了很长一段时间。方教授是我一生最敬佩的人之一。父亲去世十几年后，我在一次纪念毛主席的活动中看见了他，他依然是神采奕奕，走路健步如飞，一点也不像80多岁的老人。我说起给我父亲会诊看病的事，他还记忆犹新。前年，我母亲长期患心脏病，心梗过好几次，稳定一些，在家治疗休养。我又请他到我家给母亲诊断。他已80多岁的高龄，退居二线仍很忙碌。我

1987年冬参加孔从洲回忆录座谈会的人员（二排左起第五人为孔从洲，第三排左起第二人为孔令华，第一排左起第四人为孔淑静）

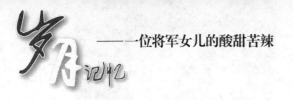

非常感激他在百忙之中接受了我的请求。那天我还和他合了影，留个永久的纪念。每逢节假日我会打电话问候他老人家，我把父亲的回忆录和纪念父亲的画册等书籍送给他，他非常高兴。

父亲病情稳定了两年多的时间，这时中央军委决定要父亲写回忆录。此事是解放军出版社王长龙同志找我和孔令华谈的。讲到当时中央军委定五个人写回忆录，有余秋里、秦基伟、阿沛·阿旺晋美、父亲和廖汉生。父亲的经历也是我们整个国家民族的历史。既然是组织的决定，正像父亲在回忆录前言中所述"……盛情难却，势在必写，就承担下来……"解放军出版社告知已经列入出版计划，要求1988年初交稿。我希望父亲健在时看到书的出版。这样我经常来往于解放军出版社和医院，忙忙碌碌，除了上班就参与整理有关方面的资料。父亲陕西口音重，秘书经常听错，写在纸上闹笑话。我自然听懂父亲的话，只好每天用业余时间整理录音。父亲的回忆录终于于1989年9月出版。出版社王编辑讲道，要不是有你这女儿，是不会这么快出版的。其他四位那时都未出版。

当我把出版的回忆录拿到医院给父亲看时，他挺高兴。他健在时看到此书的出版，给后人留下历史资料，他很欣慰。我也了结了一桩心事。

1989年9月解放军出版社出版了《孔从洲回忆录》

父亲走后的日子

父亲病危，我时刻守候在旁，他用那颤抖的声音嘱咐我：说他心脏病随时都有不测，要我有思想准备，不要害怕，要坚强地生活下去；教育好子女，不要受社会上的不好影响，听党的话；特别要我照顾好母亲终生，养老送终，说母亲跟他受了一辈子的苦，任劳任怨，照顾好她，他在九泉之下也就安心了。我听后直掉眼泪，却不敢哭出声来。

父亲于1991年6月7日去世了，母亲悲痛万分。我十分难过但还得挺着处理一切事务。父亲病危时，中央领导同志王震、薄一波、秦基伟等都再三要求医院全力抢救。父亲去世后，迟浩田总长代表中央军委到我家看望，并称父亲对国内外的影响，遗体告别规格高于大区正职。军委秘书长秦基伟也找我谈话，也讲到父亲一生正直，讲到父亲国内外有影响，准备把组织不出面开追悼会的文件压一下，等父亲追悼会开完后再下发。父亲去世的消息在中央电视台、中央人民广播电台、《人民日报》、《解放军报》同时报道，乔石等中央领导参加追悼会，中共中央和中央军委，全国人大、全国政协领导和党政军各界领导，都参加了追悼会，可谓隆重。家乡代表和十六个油田的负责人都赶来参加（父亲原三十八军当年一个师集体转业到油田）。原来组织要求外地不参加，这些油田的负责人都是父亲的部下、战友，他们都是自己单位开车来的，开完会后就返回单位。我总感到没有见到他们很遗憾，这些同志毕竟是与父亲生死与共的战友呀！

父亲走后，组织上拿出父亲1987年写的遗嘱，这是我们没有想

父亲在医院重病用颤抖的手给女儿孔淑静写字留念

到的。内容和他病危时给我讲的差不多，强调要我继承他的一切，照顾母亲终生，养老送终。他最不放心的是母亲。遗嘱中还写到母亲跟他受了一辈子苦，又要工作，又要教育子女，是母亲担当这些，才

>> 母亲重返延安，参观了当年毛主席和其他中央领导的故居

使他能全心全意地为人民服务。照顾好母亲，他在九泉之下才能瞑目。我看了，很难过，觉得担子重大，也是自己应尽的义务。父亲走后，母亲精神一直不好，待她病好些时，我下决心陪她去延安一趟。这次重返延安，是母亲多年的愿望，忘不了当年她带我兄妹从蒋管区奔赴延安的艰辛。忘不了敌人的追捕堵截，忘不了延安的宝塔山、延河水，忘不了周恩来总理的电报和边区政府主席的接见，这一切给老人留下的印象太深了。久别的延安大变样了，我陪母亲参观了革命纪念馆，毛主席等中央领导居住办公的地方和七大礼堂。眼前是宽阔的马路、林立的高层建筑，就是找不到我们曾经住过的窑洞了。可能当年已被敌人炸平了。但不管怎么巨变，延河水、宝塔山依旧当年。

遵照父亲的嘱托，我竭尽全力照顾母亲。以往母亲从不愿看病，生病时实在撑不住时，才随父亲到医院看病，因此她在医院连个病历都没有。父亲去世对她打击太大，原来的老病经常复发。年迈的母亲身体每况愈下，为了母亲能享受到应有医疗待遇，不得不奔走求人。当年母亲在部队虽然很优秀，但在炮兵速成中学毕业时，由于父亲的干预，把定级名额给了其他同志，母亲始终没有定级。母亲任劳任怨，对此从不提及。到了晚年，特别在父亲去世后这的确成了问题。我打听到上级规定，说是丈夫是大区正职的，本

人是1939年参加革命，是副局级的，医疗上可以享受副军级待遇。为落实此事，父亲的部下战友，1936年的几位老同志给我母亲写证明。讲到母亲1936年后在部队做宣传抗日工作的情景。他们都为母亲没有定级抱不平。有一位当年给母亲打针看病的医务工作者，证明母亲在炮兵速成中学毕业后，担任过西南军区炮兵行政办公室主任。我依文件规定和这些同志写的证明材料为依据，给总后勤部长写了封信，附上证明材料，后来又当面给部长作了汇报。他表示很同情，最后经过全军保健办批准，解决了医疗问题。父亲走后不久，汽车就交了，没有了车，给母亲看病很不方便。当时交车时领导讲需要用车时，可保证用车，但很难兑现。我只好蹬着三轮车给母亲看病取药。三轮车成了我每日活动的工具。这期间发生几件事，每每想起还有后怕。一次我蹬着三轮车给母亲去理发，座位一下塌陷下去，把老人卡在最底层。吓得我胆战心惊，路过的战士，帮助我将母亲挽起。还有一次我到医院看望母亲，帮她洗脚、梳理。完后晚上9点左右，我蹬着三轮车返回家走到西翠路口时，一位骑自行车的年轻人，一下撞到我的车上，冲劲把我的车撞翻了，人摔出好几米远。此时正好过来一辆卡车，要不是司机刹车快，我恐怕就没命了。我迷迷糊糊听这位年轻人说，把车子锁好，就送我上医院。我信以为真，躺在地上等他扶我。谁知这位年轻人不是锁车而是骑车跑了，我上当了。我晕晕沉沉在地上躺了一阵，慢慢清醒过来勉强蹬着三轮车回到了家。第

>>> 这是孔淑静经常使用的交通工具—辆普通的三轮车

二天到门诊部看病时，整个腿都变成了黑颜色。待半年之后，我腿上的青紫才逐渐消失。

一次狂风暴雨袭来的时候，正是我蹬着三轮车去301医院的路上，又是晚上，心中难免有些紧张。60多岁的人，的确感到生活的艰难，我情不自禁地高歌："静儿呀，你要活，海水干了也要活，石头烂了也要活，艰难的日子总能熬出头，留着性命去奋斗！"（曲调是白毛女插曲，原词是，喜儿呀，你要活，海水干了也要活，石头烂了也要活，苦难的日子总能熬出头，留作性命报冤仇！）说来也神，我用这样的歌声，给自己壮了胆，真感到一种天不怕地不怕的精神，这种精神经常激励着我战胜生活中的磨难。有时真觉得活得太累，但一想到父亲的嘱托，又振作起来。母亲从1998年开始就断断续续经常住院，我每日蹬三轮车来往我家与301医院之间。因为母亲有糖尿病，一次住院，在监护室用的一种药，规定不能超过两星期。转回病房后却一直没有停这个药，用了有一个多月，这样一来原本稳定的糖尿病情就变得十分严重。后来还是原来在监护室一位医生在这个病室值班时才发现，非常危险，血糖急增达到800。应该说没有及时停用那种药是事故吧！我虽反映过意见，但也不了了之。从此我母亲就不愿住院达五六年之久，至今仍在家吃中药维持着生命。

电视剧《孔从洲》的诞生

父亲的回忆录出版后，不少的读者，包括父亲的战友、部下，来信或打电话反映父亲的回忆录是真实历史的再现。米暂沉健在时，我去看望他。米老是杨虎城将军秘书，他看了回忆录说：太难得了，只有你父亲，才能写出这样的回忆录，才能真实地反映这个部队的情况。父亲的经历是一部浓缩了的中国近代史，他的经历和许多重大历史事件相连。无论是革命最低潮时他要求加入共产党，掩护共产党人，在震惊中外的"西安事变"中任城防司令，还是在八年抗战中身先士卒，血战永济以及蒋介石的召见，无论是参加解放战争、建国后办院校，管科研，毛泽东的会见，周恩来的会晤，这

我陪同母亲钱俭看望米暂沉时合影（米老是杨虎城将军秘书，全国政协委员）

样的人生经历可谓少见。好心的人们希望能把父亲的传奇一生拍成电视剧，以纪念先烈，教育后人。在这样的背景下，我决定将《孔从洲回忆录》改编为电视剧《孔从洲》。我和一位同志共同执笔改写。底稿已初步完成，我想尽早给父亲看一下，当时他阅读比较困难，我一字一句地给他念稿子，期望在他健在时能够认可。他听我念完后，非常认真地提出两点：第一，一定要突出写广大的指战员和士兵们为保卫祖国浴血奋战的情景，不要突出自己；第二，拍电视剧不是一件简单的事，除了有关部门批准外，还需要大笔资金，目前看来是不可能的，只能是一种美好的愿望罢了。我向父亲表示电视剧一定要拍，没有资金，我会设法筹集，争取两年完成。电视剧基本上是按照回忆录改编，有的地方连原文都一样。譬如蒋介石召见父亲的对话一集就完全是按照父亲的回忆写的。可惜父亲的病情每况愈下，没有来得及看到电视剧拍摄完成，于1991年6月7日离开了人世。1993年9月20日在西安隆重举行首映式，大家反映不错。我陪同母亲看望了参加首映式的领导同志和观众，中央领导和军委领导都题了祝贺词。

初稿时写了九集，后来种种原因，压缩到了六集。负责拍摄的单

退而不休的二十年

拍摄《孔从洲》电视剧时作者在胜利油田留影

位向国家重大历史题材领导小组申报，那时中央规定涉及中央领导人的片子都要审批。《孔从洲》电视剧中有周恩来等老一辈的形象，我们按程序办理，很快国家重大历史题材领导小组就批准了。看到批件时我正在西安出差。我们剧组人员都非常高兴，我们请中央电视台的负责人戴临风、阮若琳，原十七路军的老同志孙作宾、蒙定军（原三十八军党的工委书记）、杨荫东、穆欣等作顾问。戴老认真看了剧本，指导我们，建议把本子压缩到六集。看本子时，他再三给我讲，"过去只听说伍子胥过关一夜白了头，没有见过真有奇事，你父亲的事迹，真是传奇，令人敬佩。"

为筹集《孔从洲》电视剧的资金，我奔走了不少地方，主要是父亲工作接触过的单位。那时，国家没投一分钱，都靠自筹。这对我来说也是一个新鲜事物，我从未接触此类工作，但也得硬着头皮去做。我首先到西安带着马文瑞老前辈写的信找到省委。省委很重视，领导有批示，由省委宣传部王巨才部长具体负责。我住在军区招待所，王部长亲自去看我并传达省委的意见，资助了10万元，不给现金，拿发票到省委报销。王部长的平易近人、真诚热情给我留下深刻印象。

最有趣的是我找西安市支持，我打听到市长家，市长不在。

我稍坐片刻就来了一位警官，坐在我的旁边。我把找市长的目的给他讲了。他友好地说，等市长在家时，我给您打电话您再来。这位警官真是说话算数，过了一天，已是晚上11点了。他给我来了电

▶ 我与一贯支持我工作的段君毅、陈亚琦二老在他们家中合影

话，说市长回来了，让我尽快赶去。我赶到市长家，进房门时，因为没见过市长，随便向迎面走过来的一位人问道，哪位是市长？来人答话："我是市长。"他可能想这个人怎么突然袭击，没有预约就冲了进来。我也顾不了许多，尽快地把自己的来历和目的给他汇报了一下，请西安市能给予资助。毕竟父亲孔从洲也是西安的名人吧！他很快答应研究给予支持。没过多久，听说批了5万元。就这样，我在西安住了8天，走了10个单位，每个单位多少都给了资助。一个研究所资金困难，还帮我跑了一天车，我挺受感动。特别是研

▶▶ 我与哥哥孔令华正在观望排演《孔从洲》电视剧部队行进的场景

究所领导和研究人员对父亲的感情很深，当年参加研制工作时的同志，一说到父亲讲"不完成八五炮装备部队我就不上八宝山"，他们都哭了。父亲平易近人，好多研究人员都愿意接近他，他去世后，大家都很怀念他。正如兵器工业部20院导弹处当时的张处长讲："没有孔副司令对302导弹的支持和奔走，要立项是不可能的。孔老要是知道302导弹给国家创造那么多的外汇，他在九泉之下也会欣慰的。"203所所长、中国工程院院士王兴治曾动情地说，在我们最困难的时候，是孔副司令始终支持着我们，鼓励我们攻克难关。302（一种反坦克导弹）的研制成功，包含着他老人家的心血！

兵器工业部的有关部门、河南省委省政府、郑州市委市政府也都给予了资助。还有父亲当年创办的炮兵工程学院（那时已交地方称华东工程学院），现在南京理工大学，部队的单位有总参四部、宣化炮院、华阴靶场，再就是新疆克拉玛依油田、胜利油田、辽河油田、南阳油田，哥哥孔令华在深圳的公司（瑞达、大益），总共计40个单位在物力、人力上都给了支持和帮助，自然这些结果都是父亲的威望和我亲自登门求助来的。这里要说明一点就是中国几大油田第一届领导都是父亲原来的部下、战友，他们是由毛主席批准，天下石油第一师而集体转业到油田的。

很遗憾，这部电视剧因为资金等其他原因没能写父亲后来从事科研、办院校的情节，那时总想，以后会弥补上，父亲后半生也很值得一写，同时还能反映广大科研人员的真实情况。但现在又已经没能力完成，只能寄希望于我的后人了。

在整个筹资过程中也发生过不少艰难和挫折，使我受到锻炼。在几个油田来回走动时，总得坐汽车。在河南、山东坐汽车最多，一坐就是七八小时，过去我坐长途车还晕车和呕吐，刚开始很难受，但时间长了，也适应了，要知那时我已50多岁了，这些对我来说都能克服，最难是登门求助，特别是求见领导更是难上加难。这期间也发生过不少有趣的故事，仅举一例，让人哭笑皆非。我到河南省委找宣传部长，当时我想不起要找更高领导，自认为这一类的事应属宣传部门，第一次去一句话没说完就被秘书顶了回来，说"领导不在"，就没下文了。第二次我再去，还找那位秘书，人家一直在打电话，我在旁站着。我等了好长时间，那位秘书一直在电话中聊天。我着急了，我说："我是从外地专程来的，有急事要找部长。"这时他才把电话放下，口气严厉地对我讲："不在就是不在，在了也不见，他很忙。"我也急了，就说你给我写个条就说部长不见，这样我回去好

1993年9月22日在西安举行电视剧《孔从洲》首映式（图为孔从洲夫人钱俭与剧组人员等合影）

有个交代。他看我很认真地要求他写条，他只好说我去看看。果然没几分钟，他叫我到某号房间，我就去了。我一推门，见到部长于右先坐在办公桌前站了起来，非常热情地与我答话。这时我才深深体会古人讲的"阎王爷好见，小鬼难缠"呀！待我为落实筹资的事又一次去时，我已记住了房号，没有通过秘书，自己大胆进去了。后来，我知道了，今后不管遇到什么问题，都要直面相对，毫不畏惧。

全部资金基本到位后，我们在西安市的西安宾馆举行了筹资答谢会。资助的单位，省、市、各研究所的领导都到了。当时孙老的秘书觉得是个奇迹：人员怎么会到得这么齐，又都是领导。可见这些同志很重视这件事，我很受感动。

在密云拍摄时，不知什么原因，监视器上突然不出现画面，急坏了我们，导演更是着急，甚至提出拍不了、明年再拍。我听了很不为然，再大的困难也要拍。后来经过剧组同志的调查，了解到是四部（电子对抗部）的一个实验站干扰的原因。没有办法，只好去找了总参四部的领导，当时我也不认识他们，也无人介绍，只好自我介绍来历。幸亏他们都知道父亲孔从洲对电子对抗事业的关注，也是这个事业的奠基人之一，有了毛主席对孔从洲反映电子对抗问题的信的批示，才有了四部。可能是这个原因，部领导很重视，很快通知那个实验站，在剧组拍摄的时间暂停一下，这样才解决了问题，使拍摄工作正常进行。又一场开拍是在宛平城。在西安拍摄较为理想，制片主任既然决定在此拍省力，不去西安，只好以宛平代替西安。当时我请哥哥孔令华到场，哥哥抱着那个扮演他当年一岁模样的小演员，鼓舞了大家士气。

在整个拍摄过程中，我接母亲到密云、延庆，还去了一次宣化炮院，这些都是母亲从未去过的地方。我一来想让她散心，不要老沉浸在父亲去世的难过心情中；二来请她老到剧组，对全体人员是一种鼓舞。这里有一个小插曲，当我陪母亲到达宣化炮院门口时，还在担心无人接待，因为去前未联系。没有想到的是当门卫报告了孔从洲的亲属来到学院，很快院里就布置接待我们，非常的热情。还带我们在院里参观。这次使我深深地感到父亲在广大群众中的威望，参观过程中无论领导还是普通军官，都很赞赏父亲的工作和为人。

1993年9月20日，在西安举行六集电视剧《孔从洲》首映式。省委宣传部主持，省领导参加。当时的省长是白清才，北京来了孔从洲的战友和领导马文瑞、杨荫东、宋承志、钟辉等，炮兵部部长，四部代表等，都专程前来参加。祝贺首映式演出成功的贺词有薄一波、伍修权、王平、陈锡联、余秋里、秦基伟、马文瑞、段君毅、何文治、陈先瑞、阮若琳、戴临风、穆欣、温朋久、汪锋、代定林、欧阳毅、陈锐庭、高存信

>> 作者陪同母亲钱俭看望参加首映式的同志们

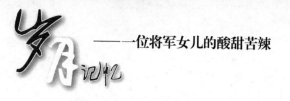
等。陕西省的领导白省长、王部长、刘副书记、孙作宾老前辈等。还有资助单位的领导和原三十八军的老同志。首映式很隆重，普遍反映都不错，应该说还是很成功的。因为时间较紧，甚至西安很多人都觉得很吃惊，当年筹资、拍摄、首映式，几个月的工夫都完成了，使不可想象的事变成了现实。为了答谢资助单位的支持，赠送每个单位《孔从洲回忆录》数本和《孔从洲》电视剧录像带一套。

该电视剧先后在中央电视台、北京电视台（有线台）、陕西电视台、西安电视台、河南电视台、山西电视台、山东电视台、河北电视台、江苏电视台、浙江电视台、上海电视台、新疆电视台等十几个省市台播放。

这里特别说一下我到油田的感受。首次到油田时，给我第一印象非常辽阔，对我来说能够到达这几个油田，是很大的锻炼，经常坐七八小时的汽车来回奔波，坐汽车恶心的症状慢慢消失了，到了油田就深感欣慰，油田领导的热情接待，听他们介绍艰苦创业的故事，很感人。对我们拍的电视剧很积极给予多少不等的资助，我已很知足了。我们也要以他们的创业精神，克服各种困难去完成电视剧的拍摄。我们去过的单位有：胜利油田、新疆石油管理局、南阳油田、辽河油田、濮阳油田等，前面已提过，不重复了。

全国政协副主席马文瑞与孔从洲的夫人钱俭在首映式的宴会上

拍摄8集电视剧《依然香如故》的艰难历程

　　拍《孔从洲》电视剧时认识了几个朋友，都是油田的，他们推荐我看了一本书《依然香如故》。看了《依然香如故》那本书，我很受感动。大家合计，觉得拍个电视剧还是很有意义的。这个书内容主要写女子采油队的故事，和当时要在北京召开世界妇女大会的背景

孔淑静与《依然香如故》电视剧片名题写者陈慕华副委员长合影

相吻合，可以反映出中国妇女在石油战线上不屈不挠的斗争和生活历程。我出于热心肠，由一位认识陈慕华的革命前辈陪同去见了中国妇女联合会主席陈慕华同志，目的是想请她给这部电视剧题写片名。我把书送给陈慕华同志，并有声有色地介绍了这本书的内容和我自己的感受。她答应给题片名。我回家没两天她就寄来了"依然香如故"几个大字。我看了非常欣慰，也算初步完成一件事。接着就是找人改写剧本。多次求人，反复修改，定了本子（人常说一个剧的成功，首先要有本子，其次是票子和班子，这是三大要素吧，也是拍《孔从洲》剧的体会）。紧接着就要筹集资金——这才是最艰难的历程。因为该剧是写的发生在克拉玛依油田的故事，经我们介绍剧情，克拉玛依油田管理局领导已答应给予资助和免费解决吃住、用车等问题，但后来由于克拉玛依发生了一场重大火灾，剧院着火烧死了三百孩子。当年各大媒体和报纸都报道过。在这种背

退而不休的二十年

景下，克拉玛依油田原先答应给的资金无法兑现，只答应管吃住、车辆使用。这些做法我们都能理解，资金没有全部到位，制片人就在戏剧学院找他的同事推荐了演员就开拍了。按说这是不合适的，但已把演员集中到克拉玛依开始拍摄，也无

我与《依然香如故》电视剧顾问著名电影表演艺术家田华老师在她家中合影

可奈何。制片人在电话中用哭的声音要我帮助，并说救场如救火，在这样迫不得已的情况下，我就答应我想办法借款筹资吧。

那时我请田华老师担任该剧的顾问，买了两张飞机票我与田华老师匆匆就到了克拉玛依。目的是为了安慰工作人员和沟通与市委宣传部的关系。当时我也顾不得田老师刚摔了跤手受伤的状况，就把她拉到了克拉玛依，田老师很痛快答应我与我同行。她毕竟是老一辈著名艺术家，平易近人，一点架子也没有。到了克拉玛依，按照原先打算，一一完成了任务，我陪她亲临拍摄剧的现场，演员们都很受鼓舞，我很欣慰。在克拉玛依和乌鲁木齐总共来去三天我们就返回北京了，我真没有看到新疆更多的美好的地方，但也总算去了一趟新疆吧。

孔淑静与田华老师在新疆乌鲁木齐飞机场（1995年）

难忘的平顶山之行，这次是我筹资中最艰辛的一幕。炎热的七月天，为筹资我买了到平顶山的火车票。当时，时间紧迫，上了火车才发现车票时间不对，据说这趟车经常发生时间错误，因为是0点很容易弄错了，这次也让我摊上了。检票员几道关都没发现，等我上车坐到8号下铺车位上，车都要开了才发现。无奈只好将计就计地找到车长把情况如实讲了一下，并说我不要卧铺，只要个硬座就可以了。这样我拿着东西直奔最后一节车厢。乍一看这节车厢还真没有几个人，待我刚坐下，发现这里漏雨很厉害。原来这样。第二天到达平顶山，接待我的是我认识不久，不十分了解的人。应该说，有点冒险。被他们接到了招待所，他们对我是很热情的，我也顾不了考虑其他的事，一心要争取筹到资金。由他们引见，我见到某纺织厂的领导，我赠送了

在排演《依然香如故》电视剧现场的门前田华老师与孔淑静合影

父亲的回忆录和纪念毛主席的"怀念"画册，厂领导答应给资助5万元，实际只给了4万，财务部扣去了1万自留。过去我不知道这里面还有这种情况，有点大惊小怪。听说这都是很正常的，我也没啥好说，还得加倍感谢。

我又到了另外一个工厂，也是朋友介绍的，那位吴友良厂长对我非常诚恳热情。我把来历讲述一遍，又赠送了一些书籍，他很同情我的处境，慷慨地答应资助5万元，第二天我又去他的办公室表示感谢，我没想到这次这么顺利，真是人与人就是不一样呀！

有顺利，也有不顺利的，有时让你不可捉摸。我万没想到平顶

克拉玛依油田管理局宣传部领导看望田华和本书作者

山市西区某书记，这位堂堂共产党的干部也能骗人，现在来看不算稀奇。我们不是要他们资助，而是借他们的钱。当我们把画册、书籍等其他东西给他时，他都接收了，并很认真地答应借钱给我们，但始终未兑现。在我们要离开平顶山的前一天，突然来了一个年轻人，自称是监察院负责人，说书记委托他经办此事，借钱给我们。他把钱也拿出来了，可不一会儿又把钱要走，说招待所不安全，先替我们保管。可是吃完饭后，他就再也没有露面，无影无踪了。我至今也不明白是怎么回事。当时有人说那个年轻人的监察院职位是用钱贿赂书记买来的。但我不明白他们这么对我们是什么目的，由于这件事的发生很意外，我也很担心，就匆匆忙忙返回了北京。在平顶山共筹了9万元。这几次外出筹资，使我深深体会现实的社会是变了，办事都要有条件交换，真心实意帮忙的很少，有的人帮你是想将来你给他办事，好像这才是天经地义。当然也有不同的。在这里我还去了一次南街村，受了一次共产主义天堂的教育。很有意思的是在南街村以外的地方，大标语是共产党员要先富起来，而南街村却是共产党员吃苦在前，享受在后，带领群众共同富裕。南街村我已是第二次光临，第一次是1993年，隔了两年再来此处，真是大变样。南街村最大的特点是走共同富裕的道路，是公字当头，干部带头吃苦在前。这里像另外一个天地，纯净和谐友好，每个人都维护集体利益，他们无论是从形式上还是内容上都是在宣扬、执行、发扬毛泽东思想。听着他们吃饭时唱着"大海航行靠舵手，万物生长靠太阳，雨露滋润禾苗壮，干革命靠的是毛泽东思想"，是那样的亲切。村委会负责人给我介绍了情况后就参观生产部门、管理部门、退休人员的住所等。中午休息时，我去了一家民宅，主人热情接待我并介绍他们生活情况。他们的席梦思床，大沙发，空调，暖气，洗浴设备，非常齐全，全是公家配备的。这个条件恐怕在北京的师、局以上干部还没享用上，令人赞叹不已。要知道那是1995年，可不是现在呀！这家老太太送我出门时讲的一句话给我印象很深，她说："我们都搬进了新居，但我们的王宏宾主任还住在旧房里，他要等群众全部都住进了新房，才会考虑自己。"当时我想，这才是真正的共产党人呀。先人后己，这样共产党才能永远立于不败之地。这儿的小气候和外面的大气候，有些不同。这次行程，我很满足。在这商品社会、唯利是图的市场经济面前，竟然还有这星星之火在点燃人们的心胸，他们还在为实现共产主义的梦想而奋斗。

这次到平顶山，还结识了一些普通朴实的老百姓，有一个医生，答应借1万元给我，我答应照付利息。此资金还是那医生委托参

>> 出席电视剧《依然香如故》首映式的人员合影

革命老前辈，中顾委常委王平叔叔在《依然香如故》电视剧首映式签名（旁站孔淑静）

加中央电视台心连心艺术团、在平顶山演出的田华老师回北京时给我带来的。在我大院北门主席像前田华老师一张一张点后交给我。后来我兑现承诺把借的一万款加上利息，一并寄还给了那位医生。他收到后，回信感谢我"真说话算数"。他信中说这个年头这种事很少，又还钱又给利息。这也算去平顶山之后的一点收获吧。

经过一段难以想象的艰辛，总算把八集电视剧《依然香如故》拍摄完了。后期在装甲兵学院剪的初片，最后在中央电视台配音制作完成的。当时急于赶世界妇女大会，本意是要献礼，由于各种原因，等我们开首映式时，已是世界妇女大会闭幕的日子。由于没有资金也无法在人民大会堂或其他更隆重的场地召开。无奈之下，我只好与新疆驻京办事处联系，在他们的礼堂举办，仅收费400元。当时我邀请陈慕华和老前辈王平同志、陈锡联同志等，还有新疆自治区书记宋汉良和中国作协领导王巨才等同志参加了首映式。

田华同志和孔令华同志都讲了话。田华老师讲话特别有意思，是我没料到的。她讲片子看后不管怎样（好与不好），"就像一个婴儿，怎么样都是母亲辛苦养的，是来之不易的，小孔（指我）真是初生牛犊不怕虎（当时我已经50多岁了），借钱帮人拍电视剧。我在平顶山演出还给她带回她借的1万元，在她家大院门前一张张数给她的。今后再不会有这样的人，像孔淑静一样借钱帮人拍电视剧……"

新疆自治区宋书记看完电视剧，含着眼泪，拉着我的手说，电视剧真是他们当年的写照，他和夫人当年就像电视上那样走过来的。我说，作者写的都是真人真事。王平叔叔看完电视剧后对我讲，"多年没看到这样好的片子"。王涛部长在接见我时热情握着我的手说："谢谢您给我们拍了一部好片子……"听他们的话，激动的我流下了热泪。我虽未有一分钱的报酬，但我已经十分满足了。

剧组的导演、演员、编剧、制片、副导演等工作人员都拿走了稿酬。这些资金大都是我借来的，甚至把自己的积蓄搭了进去。没料到开首映式，这些人都有事走人了，有的说父亲有病，有的说自己有病，不露面了。我只好求朋友帮忙，借了个大电视机，运到会场，完成了首映式。待完成全部工作后，只剩下2000元。作为个人心意，我送给了顾问田华老师。她执意不要。是我拉她做的顾问，是我在她手摔之后还拉她去克拉玛依，她不收，我心里过意不去，当时在她家，她不收，我就不走，这样田老师才勉强收下。

整个电视剧花了90万元。大都是我借的。原打算把片子卖给中央电视台，连版权都卖给他们，以便回收资金还债。但当时中央电视台只答应给5万元左右。我非常着急，因为有些借款必须年底还清。无奈之下，为还借款我背着八盘贝特卡姆大录像带，跑遍全国10省市，有陕西、上海、河南、河北、山西、山东、江苏、浙江、北京、福建。上海、南京、杭州（两次），才真正认识到有关系办事和没关系大不一样。

第一次到上海，我背着带子找到上

革命老前辈陈锡联同志在《依然香如故》电视剧首映式签名

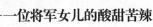
海电视台，当我找有关业务部门联系购片时他们直截了当地讲，8集28000元。我当时傻眼了，只能说考虑考虑再说。真有意思，要知道这是我有生以来第一次正式和人谈"生意"，我回到招待所，反复思考，是不是还得找个熟人，引见一个领导。从不想求人的人，也逼得非走这条路不可。于是我想起父亲的老战友在南京。通过他们找到当时江苏省电视台苏台长。苏台长同意要我的片子，还答应给上海台、浙江台台长写信，希望他们也能购买此片给予支持。我高兴极了。

我带着台长的信件赶紧返回了上海电视台。上海电视台盛台长出差，我就在上海等。这次住在南京军区后勤部门的一个招待所，经理是位女同志，对我非常热情，每次吃饭还陪着我。使我最受不了的是，只有两个人吃饭，送上的菜太多，我多次提出吃不完，端回去不要了太浪费，最后同意我吃多少点多少。那位女经理和我相处后，很佩服很尊敬我，多次讲，别的高干子弟到此吃住，经常带不少亲朋好友，您却总是一人。我直说了，我一个人吃住不收费就很知足了，怎么还能带其他人呢？当时还有一位——某基地司令的夫人，那个发号施令的劲头，反映出有些人的特权，真令人毛骨悚然。那位女经理后来竟成了我的朋友，我还把父亲孔从洲电视剧给她看了，她非常高兴。她对老一辈还是很有感情的。

在《依然香如故》电视剧首映式时合影（前排左起尤香斋、钱俭、田华，后排苏凡、孔淑静、孔令华）

盛台长出差回来，我背着八盘《依然香如

故》的录像带，见到了盛台长。他马上就在电视机上放了录像带。好像还不错。我心中踏实了一些。之后，我又在招待所等了五天。电视台销售联络部主任通知我到他办

在江苏电视台苏台长与张玲阿姨和作者合影

公室去，他说台长已批准。我急急忙忙走向他的办公室，刚进门外的大屋就听到好像是财务部门的人在议论，"这个女同志怎么又来了，背着那么重的录像带，这么大年纪，单位没有男同志？"我听了觉得很好笑，走进里屋正好主任在等我，他说："我们台长破例批准给你这部电视剧10万元。"我真是喜出望外。我急促地又去了浙江杭州，第一次到上海也同时去过杭州，没有什么结果。这次带着苏台长的信和我父亲南京老战友给浙江省军区打过要接待我的电话，简直隆重极了。宣传处的处长陪同省军区司令还请我吃饭。军区司令是陕西人，满口秦腔，非常热情。他也知道父亲，又觉得格外亲切。第二天处长把浙江电视台梁台长带到我的住处，我把信交给台长，他没有看片子就满口答应地接受了，还给个好价钱。这是我万万没想到。为了答谢，我们请梁台长吃了饭，还合了影，至今想起来都是奇迹。这二次来上海和杭州，使我深深地开始认识到找了关系进行联络，效果大不一样。

　　不久，这三家电视台的钱就到账了。这些资金够我年底还账的，算是解了燃眉之急。我的心刚踏实下来，但我万万没有想到的是资金汇到北京的账号后却被人转走，而这个人曾是我最信任

的人。我外出把印章等留给了他们，他竟然和会计一起做出这种令人难以容忍的事。我从外地回北京，没有到家，先到银行，发现了此情况，急得我无奈只好找银行的领导商

在南京向守志家作者与二老合影（1995年11日）

量怎么办。银行的部门负责人是个姓黄的女士，她很同情我，因为我是这件事的负责人（法人），看我偌大年龄，风尘仆仆，是还借款的资金，只好把整个印章重新认定，把原来的印章作废，将款追回。还算不幸中的万幸。这些程序做完后，我才返家。到家中，那位转资金的同志和会计在等我，像要作什么解释。所有的事我已一清二楚，不用解释。当时我非常生气，我把会计留下，摔给他三千元，让他说实话，果然这些钱起了作用，后来我就辞了他。这件事对我打击很大，气得我当时视力下降，原来1.5的眼睛视力，一下变成了0.8。这件事教育了我，这就是商品社会、市场经济，没有永久的朋友，一切都在围绕着钱、权二字在转换。我终生也不会忘记帮助、支持我的人，而对那位别有用心的人我也会耿耿于怀。

急需年底前要还的资金已解决，其他的资金还需到全国有关省市的电视台去卖电视剧片。我到的部分省市电视台，真是各有特色，但共同的特点，是先到宣传部门有了批示，电视台才会接待，否则门儿都没有。我前面讲了刚开始的上海、浙江、江苏之行，1996年、1998年我还去过河南、山东、河北、福建、陕西、北京，

这些省市的电视台先后都购买了电视片，大都是3到5万元。

　　这里回忆一下太原之行。那是1998年9月下旬，也是我为电视剧的片子出售还债的最后一站。我住在山西军区招待所。我一个人外出，因为出差多一个人都要多花一笔路费。我去过几个单位，常常在外人看来，五六十岁的人还背着带子，还是个女士，这个单位可能没有男同志。我常听到这样的话，觉得挺好笑。在这儿住了几天，也常听人议论。我顾不了许多，一心一意想把电视片给山西电视台。为此我多次到省委大门前，苦于无法进去。只有和省领导及宣传部门打了交道，有了批示才能去电视台。我非常着急，母亲身体有病，我还急于十一前赶回北京。我多次到省委门前都没有结果。令人吃惊的是这个传达室，有座位却都不让来访客人坐，我一站就是好几个小时。有一位老同志也在传达室工作，我毫不客气问他，这个地方太落后，为什么不让来客坐呢？他只好讲自己是退休后帮助工作，不当家，得让那位年轻工作人员说了算（也就是说能否让来访者坐由他说了算）。我觉得非常可笑，我去过十多个省市，还真没见到这种情况。省委门前还有静坐，简直是乱哄哄的。没想到太原这个地方的政府机关如此地对待来访者。后来我打听办公厅主任的姓名，门卫和传达才稀里糊涂让我进了省委大门。我听有人说领导都在十八层办公，我谁也不打听，上了大楼直坐电梯到了十八

>>> 在杭州杨司令等与作者合影留念

在杭州与浙江电视台梁台长合影

层。当我刚迈步走出时，两位站岗挡着了我，我这才明白是走对了，我不客气地说能让我坐下回答你的问题吗？可能他们看我年龄不小，不像坏人，也就让我坐下。他们说你要见书记或其他领导必须预约，没有预约你还是走了为好。我心想我不走你们还准备采取措施吗？我说请您拿张纸我留个条，正说话之间又来了一个保卫干事，我把我的来历讲了一下，并要求就留个条子。这时他们才拿来一张纸让我留条。当我自己介绍写到我是孔从洲的女儿时，那位保卫干事肃穆地望着我说："你真的是孔从洲的女儿？"我好笑这怎么能是假的，看来这位干事还知道孔从洲是谁。八年抗战父亲在山西与日寇血战的历程，人们还是记得一点。这位干事开始对我讲，现在省领导都不在，这时他热情地找来了秘书长。这位秘书长接待了我，我把来历讲了一遍，无非是想请山西省电视台收下《依然香如故》的片子，同时我也赠《孔从洲》电视剧给电视台。他很痛快地答应了，但要转到宣传部去，让我等候。当时我想宣传部就在楼下，怎么办你们指示我去跑就行了。但他们程序太复杂，要经过好几个部门才行。这位秘书长还和我合了影，让我回招待所等候。我返回招待所的路上，想来想去，没有时间等了，很快就国庆节了，机关办事一拖就国庆节后了。我没回到招待所就直奔电视台。电视台的一位女同志说没有上面的话是不可能接待的，让我回去等节后再来。我真是无奈，突然想起一位前辈给我讲省政府有位女副省长，有困难时可找她。我索性给她打了电话，她立刻接见了我，当时就给那位女士打了电话。等我再去见这位女士，判若两人，态度和气，直接带我到电视台长办公室去协商。到了台长办公室，我把来意说了，台长好像没听懂我的话，还继续谈与我没有任何关系的事。他津津乐道，后来我只得打断了他的话，问关于电视剧的事。这位台长很有意思，他只要《孔从洲》电视剧，并说孔从洲我们山西的老人都知道，血战永济与日寇血战的事迹。《依然香如故》电视剧说什么也不要。台长很忙，我还没谈完，又来了个熟人与他搭话，我只好到过道上转一圈。正好转到总编室，这位总编室负责人倒非常热情，我把来历又讲了一遍，他却讲，你如果先找我就没问题了，就留下《依然香如故》剧了，但你找了台长，我就不好说了。看来他和台长之间有过节。后来我听说台长没多少能力，靠关系上来的。这位总编室主任有真才实学的。看来问题还真复杂。我又回到台长办公室，左说右说台长最后才答应收下《依然香如故》剧，赠送《孔从洲》剧。八集《依然香如故》电视剧只给了两万元的支票，才把此事结束。我一出招待所，就有一位不认识的老人给我打招呼，说要我防小偷，要花钱回北京花，这儿骗子太多。我听后大吃一惊，只带了几瓶醋回到北京。

这是我最后一次到外省卖片、赠片，碰到的十分有趣的故事。写出来，有点像传奇小说。但确是真事，是我的真实经历。从筹资开拍到首映式后的卖片再到筹资

石油部部长王涛同志会见孔淑静时合影

还债，先后四年多时间。这段人生路是我退休后最难忘的一桩事。

父亲画册的问世

中央军委原副主席刘华清同志在家中展看《孔从洲将军》画册时摄

2001年是我敬爱的父亲诞辰95周年、去世10周年的日子。为了纪念他，我准备出版他的画册。本想到父亲诞辰100周年时再出，但当时我的情况是自哥哥出事后，我的身体每况愈下，眼睛视力进一步下降。这也许就是人们常说的受了重大刺激会出现的问题，为防不测，我决心早点把画册出了以纪念父亲。

要出版画册，对我来说也是困难重重，首先没有资金。我们家既没有当官的，也没做生意的，唯一的亲兄长已不幸离开了人世。当我找到解放军长城出版社社长李培义同志时，他热情接待我。他是陕西人，应该说是老乡。初次相识，却很亲切。我把我的具体状况介绍了一下，他

薄老生日时，在家中与前来祝寿的孔淑静合影

孔从洲将军画册 薄一波题

同意先交一点订金，等画册出版后再交大部分资金。这给我很大的信心。我考虑只能待画册出版出售后把资金回笼给出版社。就照这个路子走，想好就干，我于2001年初开始筹划，到年底出版。我和出版社打交道整四个月。首先我搜集整理

继承父业 丹心向党
书赠孔淑静同志 迟浩田 二〇〇二年八月

2002年中央军委副主席迟浩田在八一大楼办公室接见本书作者孔淑静

父亲工作照、生活照、家庭照，共256张，和出版社张编辑共同把内容分了十个专题，我们写了每个阶段专题的历史背景，也请教过父亲的部下听取了他们的意见。在这同时，我去找军委领导和父亲的战友题词。画册的封面，是母亲写信请薄老写的，因为薄老是父亲回解放区时中央负责接待唯一健在的人。父亲病危时，他曾到301医院给父亲鞠了三个躬，对父亲很敬重。他挨整时，父亲冒险去看过他，这种感情是很珍贵

2002年中央军委副主席张万年在八一大楼办公室接见本书作者孔淑静

的。我还去找了
当时的军委副主
席张万年、迟浩
田同志题词，还
有军委委员傅全
有，王克，曹刚
川，副委员长邹
家华，政协副主
席任建新，政协
副主席宋健，中
共中央原常委、

总政治部原主任余秋里在家中会见孔淑静时合影

全国人大委员长乔石同志，刘华清同志，中共中央原常委、组织部长
宋平同志，原中顾委副主任宋任穷同志，全国人大副委员长习仲勋，王
光英，还有张震，余秋里，段君毅，马文瑞，向守志，孙毅，李建国，
傅崇碧，王猛，刘杰，李宝光，黄新庭，贺晋恒，孙作宾，欧阳毅，陈
鹤桥，刘世昌，焦立人，宋承志，李振军，汪荣华，傅涯，贺捷生等47
人，这些都是熟悉我父亲的同志。

当我接触这些国家党政军领导人和父亲的战友、部下时，我才

中共中央政治局原常委、中共中央组织部原部长宋平同志在看画册《孔从洲将军》一书时与孔淑静留影

深深看到他们对父亲的敬重，从中也看出父亲的为人。这给了我很大的鼓舞。

邹家华副总理在办公室会见孔淑静、张焱时合影（2002年6月4日）

除了题词的工作外，还集中收集父亲有代表性的文章、诗词和墨宝。收集的文章中有与毛泽东主席和周恩来总理难忘的会见，有纪念西北共产党领导人之一的魏野畴同志的文章。各个时期的诗词选了一首。墨宝都是他晚年的题词。画册中还选了几篇纪念父亲的文章，有王平、张震等八人的纪念文章，有孙作宾、杨荫东、盛家龙、辛旗、孔淑静、小毛等从不同的角度，以战友或部下或亲属晚辈的身份写的。这其中也有个故事，就是当年纪念父亲那篇"拳拳报祖国，耿耿革命志"的文章，由张震、王平、陈锡联、段君毅、余秋里、马文瑞、陈鹤桥、宋承志等八位父亲的战友联合署名的纪念文章。此文章是父亲的原秘书盛家龙起草的，但送给每个人传看、修改、定稿、签名是我办的。我先后跑了十六趟。那时家里的汽车已上交，没有交通工具，弄得我非常紧张。特别有一次余秋里同志那儿来电话让我去取稿件，我没有汽车，公交车也来不及，要求四点到，他们住在什刹海那边，我急得不行。找到管理处。领导讲过有事可找他们要车，我从未找过，不愿打扰别人，这次实在没办法。但那位处长又推说是另外一位副处长管车让我去找他。结果推来推去，把时间都磨掉了。待我赶到余秋里同志的家时，等候我的秘书早已下班了。无奈只好第二天又去了一次才拿到

在薄老家中与薄熙来同志合影

孔淑静及儿子张焱与华国锋夫妇在他们家中合影

余秋里签名同意发表的文稿。这篇文章在《解放军报》第一版发表，是当时军委副主席张震同志签发的。要求在《解放军报》、《人民日报》同时发表。有趣的是发表时漏掉了陈锡联的名字，可见编辑的工作是多么马虎。后来又道歉弥补。

2001年12月父亲的画册出版了，原想举行个首发式，因为没有资金，也就算了。我开始忙于给画册题词的同志送画册、还要给中央领导中央军委领导和父亲的战友寄画册。更重要的是联系有关单位购买画册，回笼资金给出版社。总共联系了三十个单位，其中资助单位8个，凡资助单位，都送了大量的画册（近300本），售出约900册（打8折），与出版社结了账，此事就算告一段落。

军委副主席张万年和迟浩田同志在八一大楼分别接见了我。对我主编的画册认真翻阅，并再三指出画册很有教育意义。说画册虽不大，内容很丰富，章节很

在中央军委原副主席张震叔叔家中孔淑静与二老合影留念

清晰，看了一目了然。这算是对画册的评价吧，我很欣慰。他们分

宋健副主席展看父亲画册时与我交谈

别给我题写了字。万年同志题的是"慈孝"，迟浩田同志题的是"继承父业，丹心向党"。我很理解，这是他们对我的鼓励和鞭策，让我坚强地生活下去，照顾好母亲。

为筹办父亲100周年纪念座谈会奔走

筹划父亲孔从洲诞辰100周年的纪念活动，2005年就开始做这项工作。父亲是陕西西安人，办此事首先得取得省委省政府的支持和帮助，2005年8月我带着母亲的信专程到西安后，我希望能见到李建国书记，那时正是发大水的季节，领导同志都到第一线了，我只

中央军委原副主席迟浩田同志等在人民大会堂参加纪念孔从州将军诞辰100周年座谈会（右起第二人为孔从州夫人钱俭）

闫同刚 摄

退而不休的二十年

好等了几日，李书记百忙之中在办公室的会议室会见了我。他看了我母亲的信，我也把来的目的向他汇报了一下，送给了他几本父亲的书，他很诚恳地讲应该纪念。后来我看他批示的文件写的是："孔从洲将军是灞桥人，与毛

> 为筹办纪念父亲孔从洲诞辰100周年，陕西省委李建国书记会见我时合影

泽东是儿女亲家，有关百年诞辰纪念事宜请尽量协调予以帮助。"时间较紧，谈了片刻，还留了合影，我就离开了。

省委专派党史研究室主任王中新同志到我家传达了李书记批示，并拟定2006年9月29日由陕西省出面主持在北京人民大会堂开会（实际是9月27日）。我们之间又作了分工。北京这边由我负责给参加会的人员发请柬，我提供在西安举行的生平图片展的全部图片和纪念书画展的部分展品，并提供了相关说明文字。2005年秋开始到2006年8月，完成纪念活动的几件事：一是大会堂筹备座谈会；二是再版《孔从洲回忆录》，出版《孔从洲画传》、《也无风雨也无晴——外公孔从洲将军传奇一生》；三是生平图片展和纪念书画展；四是把《孔从洲》电视剧制作光盘；五是请领导和有关人员题字作画。以上这些活动于2006年9月初全部准备完毕。《孔从洲回忆录》5月出版，我跑了出版社16次；《也无风雨也无晴——外公孔从洲将军传奇一生》是2006年1月出版，我跑中国文史出版社15次；为《孔从洲画传》跑出版

> 为筹办父亲孔从洲诞辰100周年，陕西省陈明德省长会见我时合影

在大会堂纪念父亲100周年座谈会迟浩田同志与母亲钱俭、孔淑静、孔东梅、张焱合影
闫同刚 摄

社20次。最有趣的是出版《也无风雨也无晴——外公孔从洲将军传奇一生》时，出版社硬要把有毛主席的照片排在前边，我再三讲这本书是写孔从洲的，与毛主席有关的内容包括照片自然可以放，但应该以孔从洲的照片为主。但他们说是为了销售，和我争辩不休并声明就是打"毛泽东"这个牌子。商品经济社会，把一切都作为商品交易，只要赚到钱就行，使我不得不感到，他们出版有关毛泽东的书，是真的热爱尊敬毛泽东，还是用毛泽东赚钱？

出这几本书，资金还是很困难的。我又第三次去了西安。找了203、202、205所的领导，他们都还记得父亲在他们所的活动。203所刘书记与我谈话，不止一次讲到父亲在食堂用勺打饭的情景和父亲为了302导弹付出的心血，这个所就是负责这个项目的。那时他才30岁左右，这几个所分别多少不等地给了资金，为我出几本书奠定了基础，这是我永远忘不了的。兵器部、四部、军训兵种部都给出版书一定的资助。出书终于完成了，大约有一年的时间。终于在2006年9月27日，在人民大会

曾任西安市委书记、现任陕西省省长的袁纯青同志在办公室会见我时合影

141

堂召开了纪念父亲诞辰100周年座谈会。参加座谈会的各界人士都有。我请了父亲的战友和工作过的地方院校代表。南京理工大学校长徐复铭，四部的代表万副部长，两院院士——北京工业大学王越，国防大学栾克超等先后发了言。总参军训和兵种部刘政委，陕西省委杨书记，荫东叔叔之子民航局长杨元元都讲了话。

参加纪念孔从洲将军诞辰100周年座谈会的（从左起）徐文慧、孔淑静、左太北

故乡行——父亲100周年纪念活动在西安举行

座谈会后，为在西安举办父亲百周年纪念活动，我又一次去了西安，找了当时任西安市委书记的袁纯清同志，希望西安市能给予支持。他很热情地接待了我，答应给予帮助，具体和有关方面再协商。后来听说他在一个文件批示中的大意是"孔从洲将军百年纪念，积极支持，项目不一定多，选代表性的，经费请财务核定"。可见他讲的话兑现了，批示不久，西安市委党史研究室副主任刘义鹏同志专程到北京与我商量怎么落实时，也谈了袁书记的批示，说明市委很重视。刘副主任态度谦虚、诚恳，我们谈得很融洽。我这边主要负责搜集各个时期的图片250张。书画由西安书学院组织提供一部分，北京由我搜集准备一

功彪千秋

纪念孔从洲将军百年诞辰　乔石

中共中央政治局原常委、全国人大原委员长乔石题词

贺孔从洲将军
百年诞辰

大军虎贲
出中条飞
凌轻舟黄
水涛拍汤
天河洗定
而过函清

录孔从洲家关中
故事

张怀宾敬题

>> 中共中央常委、国务院总理温家宝题词

部分（67张），展出时约图片300张左右，纪念书画150张左右。展览会开幕式于2006年10月15日在陕西历史博物馆举办。

参加这次纪念活动是我儿张焱和毛主席卫士田云羽同志陪我一同去的，市委市政府很重视，会议安排得很隆重，使我始料不及。我们到达后，住在半坡湖度假村，离我家乡很

>> 温家宝总理纪念父亲百周年题词，他在团拜会上与我合影

近。可能算是灞桥区委的招待所吧，这儿简直像是世外桃源，风景宜人。我们到后第二天就参加了由市委市政府举办的开幕式。西安市委书记和市长，省党政军的有关领导都到会了。是市长主持会，

>> 西安市委书记孙清云同志在孔从洲同志百年诞辰生平图片展暨书画展开幕式会上讲话　　呼延孔 摄

孙书记代表西安市委市政府发言，我部是刘政委等专程来参加开幕式的，我们先后发了言。我在发言中心情一直很激动，特别讲到父亲在去世前仅有的一个月时间，还在医院病房

退而不休的二十年

>> 西安市委书记孙清云同志在参加孔从洲同志百年诞辰生平图片展暨书画展时与孔淑静合影 　呼延孔 摄

坚持会见他的乡亲，重病的他还给灞桥文史资料用他颤抖的手写下了"灞柳风雪人常念，劳军灞上思故人"的词句来怀念故乡的亲人。我几乎站立不住要晕倒，多亏儿子张焱站在我的旁边，终于还是撑下来了。会后市委书记、市长又陪同我们参观，完后，又宴请我们北京来参加会的同志。之后几天又安排了一些参观活动。

　　这次纪念活动，包括图片展和纪念书画展等都是市委党办的领导和各部门的同志辛勤劳动的结果，其中，书画展是由钟明善老师组织一些朋友办理的，我很感激他们。他们还出版了一本纪念书画集也很不错，内容很丰富，还有总理温家宝同志和原党和国家领导人华国锋、乔石及党政军领导的墨宝，著名书法家欧阳中石、沈鹏的作品。这些书法家都是我在这次活动中结识的好朋友。

　　当然这次活动也有不足的地方，只是政府下属各部门发了文件通知开会，由于没在报纸登展出的时间，好多是自发来的，还有好些人不知道去晚了留了不少条子，还建议应播放《孔从洲》电视剧更有效果，加之时间短了一

>> 西安市市长陈宝国同志在参加孔从洲同志百年诞辰生平图片展暨书画展时与孔淑静合影 　呼延孔 摄

些，再延长一两天就更好一些，满足参观者的愿望。我看到参观者有不少留这样的条子，但作为个人只能反映一下建议再就无能为力了。

紧张忙碌的一年，在纪念父亲百岁诞辰纪念活动中度过，到

孔淑静等与孙清云书记、刘学云政委参观孔从洲生平图片展暨书画展

2006年10月20日基本全部结束。我们一行返回了北京，我又忙于尽快把出版的纪念书画册赠送给那些热心提供作品的人，六七十人，外地的就邮寄。支持帮助这次100周年纪念活动的单位有四部、南京理工大学、兵器工业总公司、军训部和兵种部、陕西省委省政府，西安市委市政府、灞桥区委区政府、203、202、205所等10个单位。

小学赠书

开完纪念父亲百岁诞辰生平图片展暨纪念书画展开幕式后的第二天，市委安排我们一行回到我的家乡。先到灞桥区委区政府，他们热情接待，使我感到非常温暖，心情很激动。区长和副书记等领导同志亲自陪同我们回到生我养我的上桥梓口村，回到了我童年成长的上桥梓口小学。我回想起我幼年时的情景：和小伙伴们一路上嬉戏玩耍着跑到学校；敌人包围学校抓我兄妹的时候，老师设法掩护的情景。绝大多数的人已不在了，我童年的小伙伴一个也没有见到。这所学校是当年父亲创办的，孩子们热烈隆重地欢迎我们。当孩子们把红领巾给我戴到脖子上时，我很兴奋激动，情不自禁地唱起了我1949年首批加入中国少年儿童队的队歌"我们新中国的儿童，我们新少年的先锋，

孔从洲将军亲属孔淑静等一行与桥梓口小学师生合影

呼延孔 摄

团结起来继承着我们的父兄，不怕艰难，不怕担子重，为了新中国的建设而奋斗，勇敢前进，前进，向前进……"会议到了高潮，大家都很激动。我把为纪念父亲百岁诞辰出的书，即《孔从洲回忆录》、《孔从洲将军画传》、《孔从洲将军画册》、《也无风雨也无晴——外公孔从洲将军传奇人生》和光盘电视剧《孔从洲》等，赠送给了学校。我一直想让下一代记住老一辈为新中国的建立和祖国的繁荣富强终身奋斗的业绩，激励他们年轻一代在新的历史时期，在开拓未来的事业中为人民立功，这就是我最大的心愿。

紧接着我们又到了务庄村，我不十分清楚父亲在务庄也办了一所小学的情况。特别是务庄小学校长的讲话使我很震动，让我了解到父亲于1944年到他们学校讲的话，"要把鬼子全部消灭，来肥庄稼地，为老百姓服务。"她还讲到，这所学校是父亲用自己攒来的薪水4000大洋建起来的，从这位女校长的讲话中我才

在桥梓口小学欢迎会上孔淑静同志讲话　　呼延孔 摄

孔从洲将军亲属孔淑静等一行与务庄中心小学师生合影

呼延孔 摄

知道这所学校的来历。年轻的女校长讲是听自己的爷爷讲的这段历史，让她们这些后代永不忘记。

这次故乡行，主要是给这两个小学赠书，看望乡亲。听说那天展览开幕式好多乡亲都去了，非常遗憾的是我被组织安排了活动，未能见到他们。这次我圆了我专门看望我的乡亲们的梦。

会议全部结束后，在回来的路上，区长指引我看灞河和浐河的水，汇流成一条大灞湖泊就是浐灞生态园，在我的眼里，这里真是壮观极了，能超过西湖。我为我的家乡骄傲自豪。

在务庄中心小学欢迎会上孔淑静同志讲话　呼延孔 摄

区长陪同我们一行在返回的路上，去了一个度假村，在那儿吃的饭，大家都很兴奋，区长还表演自编自说的"毛主席与父亲谈话"时情景，我唱了一段秦腔，即"西安事变"中周总理的唱段。

退而不休的二十年

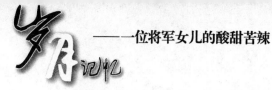

▶▶ 原中顾委副主任宋任穷叔叔，钟月林阿姨与我在中南海家中合影

▶▶ 向守志叔叔、张玲阿姨与母亲和我合影

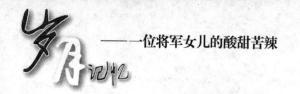
远逝的背影——我所认识的前辈们

孙作宾

最近翻阅了孙作宾叔叔送给母亲钱俭的书，孙叔叔还亲笔写了"送钱俭同志留存——孙作宾"。这本书就是

>> 孙作宾叔叔1996年12月到北京开会，他夫妇二老与我母亲钱俭合影

中共陕西省委党史研究室编、陕西人民出版社出版的《孙作宾》。从习仲勋叔叔写的序中我更加深刻了解了孙老这个真正的共产党人。序中写道"……特别是1936年他担任中央交通员后，多次往返西安和保安（中共中央驻地）之间，传递重要信件和情报，为毛泽东和周恩来开展十七路军上层统战工作做出了独特贡献……"和最后一段"……'疾风知劲草，严霜识贞木。'孙作宾参加党和革命20多年来，一贯顶风反'左'，虽屡遭危难，仍然坚忍不拔，刚直不阿，敢于说实话、说真话，不说假话，不随波逐流，堪称实事求是的楷模，坚持真理的典范。作宾同志这种高尚的品德，是值得全党同志学习的。"这些精辟深刻的准确的叙述，使我这个后辈人受到教育和鼓舞。我在一些资料中得知，1943年整风（抢救运动）中孙叔叔蒙受不白之冤，那个案子的不少人都说了假话以解脱自己。孙叔叔是被关押中职务最高，受摧残最大，挨打最多的一位，但他始终顶着说真话，可见年轻时的孙叔叔的所作所为已经难能可贵了。关于孙叔叔的坎坷斗争经历和正直的人格，父亲也给我讲过不

少，我一直非常敬佩他。但真正认识和接触他是"文革"后期和粉碎"四人帮"后的一段时间。他和夫人刘姨当时住在中央组织部招待所很小的一间房子里，他们经常到我家来，我们一家人非常欢迎他们。从他和父亲的谈话中就可以听出他是一个光明磊落、很正派的人。他对十七路军的历史、党的工作很熟悉。1936年"西安事变"前后他是中央交通员，经常传递党中央、毛主席、周恩来的指示。孙叔叔很少讲他艰难困苦的岁月和他所受的委屈，他始终是那样乐观、坦率、幽默，平易近人，体贴别人。他经常讲的一句话，就是"越接近实际，越接近真理"。我很赞赏他的这个说法。那时他们住在组织部招待所，我常去看望他，母亲让我给他们送需要吃、用的东西。待他平反落实政策回到西安任陕西省人大副主任后，我每次出差都去看望他。有一次我刚到他家，坐了片刻，他就给我讲我父母一辈子很不易，说我父母当年在河南南阳结婚时，他是见证人，参加了婚礼。我听后很惊奇，自己从来没听过有关父母结婚的事，喜出望外地问长问短。这时孙叔叔还写了一首诗赞我父母，后来我不慎丢失了，非常遗憾。孙老还给我用毛笔写了几个大字。他每次来就住在招待所，我去看望他，当我谈到对一些问题的看法，他很赞同，还当着李慕愚等老同志面说："娃说得对，娃说得有道理。"我和他有共同语言，我们是忘年交。

1995年令华在西安举办纪念毛主席100周年摄影回顾展，由省委宣传部和市委宣传部承办。当我赶到西安时，听说没给孙老家送开幕式的请柬，我很着急，因为第二天上午就要开会，当时已是晚上11点多了，但我想不管再晚，我要亲自给孙老把请柬送去。我驱车到了他家，老人还没有睡。他非常高兴说这么晚我还能给他送请柬，还惦记着他们。孙老一贯支持我的工作，记得1993年举办《孔从洲》电视剧筹资答谢会时，孙老亲自到会支持，给我很大鼓舞。

我最后一次见到孙老是1998年，我只要到西安出差办事，第一件事就去看孙老。那天我到他家，他格外高兴，因为我们好几年没

见面了，虽然孙老身体很弱，但头脑清醒。地道的陕西话，听起来非常亲切。他说，你爸是个很正派的人，为国为党做了不少工作，当年（指1927年、1930年）我早就应该介绍他入党，当时党组织领导与他谈话要他留在党外，对党的工作更有利，他一切听党的安排，从不提及个人的事。关键时刻不顾个人安危帮助遭难的同志，护送共产党人脱险。"文革"中也是一样。人呀，一辈子都这样，难能可贵呀！不像有的人，给年轻一代讲些不符合历史事实的事宣扬自己，孙老称这样的人是"政治商人"。

我还是第一次听到"政治商人"这样的词。

我几次建议孙叔叔这个说真话的历史见证人，能录下音来，供后人了解历史的真相。因为孙叔叔一生经历得太多，好多重大事件他都参与。

孙老坎坷一生，敢说真话，正如我抄在开头习仲勋同志序中讲的，"他是堪称实事求是的楷模，坚持真理的典范"，是永远值得我们后人学习和称颂的。

可是有的人不是这样，说的话做的事不顾历史事实。我认识的一位前辈就是这样。

"文革"中某前辈，他只身来到北京，听说他到了许多战友处，都把他拒之门外，不予接待。在这种情况下他来到了我家，我父母为人的准则是当人遇到困难或危难时，一定要尽力相助；当别人飞黄腾达高升时千万不要去找别人。这样我父母非常热情地接待了某前辈。他毕竟跟父亲共事过，是父亲的战友吧！他刚刚解放出来住在中组部招待所，经常到我家来吃饭、做客，日常需要什么东西由我去送。记得总理去世时，我们都到北京医院与总理遗体告别，返回家中时，见到他坐在我家客厅，他说他在等待通知，好与总理遗体告别。我心直口快地说，总理遗体已起灵，可能都走到长安街了，你还等什么呢？在他没分配工作的日子里，经常到我家来、聊天、吃饭是常事。他对我讲："你父母真是好人，在我困难时帮助我们，我们永远不会忘记。"他是老一辈，我也非常尊敬他。

1983年十七路军党史办开展工作，我父亲找到习仲勋书记，中央批了43万元。那时

孙作宾、刘杰夫妇在北京与钱俭、孔淑静合影

我父亲和某前辈都是领导小组的成员，负责人之一，办公室主任是原三十八军工委书记蒙定军叔叔兼任。据说党史办的任务除写十七路军党史的历史情况外，原打算给十七路军团以上的干部都写个小传。但后来没有实现。我父亲1986年后身体不太好，有时候犯心脏病，常住医院，对党史办具体事很少过问。十七路军党史办就由某前辈掌握。只有他才有权批复使用这项资金，办公室主任蒙定军连一点批准权都没有。某前辈专门请了陕西师范大学的教授给自己写传，每月给作者300元，但这位作者是位正派的人，他发现要他写的内容，真真假假出尔反尔，他就主动辞去不写了。

十七路军党史办开办了三四年，大约是1988年或1989年，日子记得不太准。党史办开会，除了在北京的成员汪锋、阎揆要、蒙定军、杨拯民等有关人员外，西安来了十七路军党组织有关的老同志孙作宾、李幕愚、范明、吕剑人、常黎夫等，我父亲住院写了书面发言，请原三十八军老同志代定霖（后来任昆明步校副校长）作为父亲的代表，算是以秘书的身份参加。每次把参加会议的情况到医院给我父亲汇报。某前辈以他职位最高的身份自称是传达中央党史委员会领导的三条指示，大概意思是：第一，十七路军党史办的工

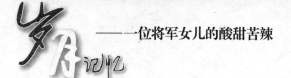

作六月底要结束。第二，中央党史委不接受十七路党史办所写材料，而把这些材料转给陕西省委党史办保管。第三，孔老对咱们工作不太满意。……代定霖同志把在会上听的三条指示到医院汇报给父亲，当时我正在医院照顾父亲，听到传达的三条，前两条与我无关，最后一条说父亲不满意党史办工作，与事实不符。父亲有书面发言为证：提到大家做的成绩，同时要善始善终完成党史办的工作。我非常气愤，记得那是八月份，那天倾盆大雨，雷声震天，有点吓人的味道。我直奔甲15号大院，去找中央党史办的领导。我跑到了我十分熟悉的刘伯承元帅家。汪荣华阿姨看我像个落汤鸡似的浑身上下直在流水，心疼地让我坐下，说有什么事慢慢说。我把我到这个院的目的和缘由给她讲了一遍，她诚恳地说冯文彬同志就住在我们楼的后面6号楼。我听后喜出望外直奔6号楼。雨仍继续在下着。出来的是冯文彬同志的夫人。因为我们素不相识，我只好自我介绍自己的身份，说自己是孔从洲的女儿，想核实一件事。话还未说完，冯文彬同志就从里屋出来，招呼着"进来，快进来"。我进了他的客厅，他坐在一个较高的沙发椅上，我坐在他对面的沙发椅上。他讲话很干脆，直截了当问我有什么事？我把我要他核实的问题详细地叙述了一遍。他听后很激动地说，十七路军党史办开会，我们是它的上级怎么不知道？至于说我的三条指示，绝没有的。说你父亲有什么意见更不可能，我已十几年都没见过你父亲，我怎么会说三道四呢？他身体怎样？他立即给他的办公室主任打电话，问十七路军党史办开会我们怎么不知道，没有通知，让主任尽快查一下。同时说明天上午八点他去参加开会（他听我说明后天就要闭幕了）。我征得他的同意，记录了他与我谈话的内容。我去了杨荫东叔叔的家，他家就在附近，雨还不停地下着。我进了他家门把情况叙述一遍。他听后又惊讶，又高兴，说真是好侄女，把问题弄清楚了。后来听参加会的代定霖同志讲，第二天早上党史办开会，刚八点钟，冯文彬同志就到了会议室，在座的人都大吃一惊，有点

发怔。这时冯文彬同志就讲话了："你们十七路军党史办开会，怎么没向我们报告，我们都不知道，要不是孔从洲的女儿找我核对此事，说你们都要闭幕了，我还不知道呢！什么三条指示，我从来没讲过。"这时某前辈脸都红了。在座的孙作宾、蒙定军、范明、李幕愚、吕剑人等人也都有些惘然。

习仲勋

我第一次见到习仲勋书记是在粉碎"四人帮"后不久。记不得是哪个部门举办一个聚会，在北京饭店。当时我陪父亲去的。在这次会上我认识了习书记和齐心阿姨。在这之后我也多次陪父亲母亲到习

➤➤➤ 1986年12月习仲勋书记到301医院看望父亲孔从洲时摄

老家中做客，他给我最深的印象是和蔼可亲，特别平易近人。每次当我们告别时总要把我们送到大门口上了车，甚至于我一个人时他也送我，我是晚辈，如何担待得起。

陪父亲到习书记家，有几次是我永远不能忘怀的。

一次是为贺子珍的骨灰存放在八宝山的事。习老热情地在客厅接待了我父女。父亲讲了我们的意见：一、把贺子珍骨灰安放在八宝山骨灰堂；二、贺子珍是井冈山老同志，又在革命最艰苦的岁月与我党领袖毛泽东相伴十年，对革命有特殊的重大贡献，应在报上发表消息和简历。习书记很快向当时的中央领导胡耀邦同志报告，第二天《人民日报》即发表了贺子珍去世的消息并附其简历。同时组织上通知孔令华和李敏，批准贺子珍的骨灰安放在八宝山。

另一次是为了一篇父亲写的纪念文章如何署名的事。父亲和习书记谈及杨虎城所属三十八军的事，习书记讲这个部队如毛主席说的是统一战线的典范。这个部队最后是由父亲带回解放区的，父亲又是西北民主联军"三十八军的军长"，你写的文章就应由你自己署名，别人没有必要署名。但如果想署谁的名字，只要他本人同意，完全可以，合情合理。后来父亲这篇文章由邓小平批示："退从洲同志照此发表。"父亲就署了自己和三十八军工委书记蒙定军的名字。文章发表前父亲征得了昔日战友王炳南、阎揆要等人同意联名发表。6月份在《人民日报》全文登载。

再一次是1986年12月，父亲因心脏病发作住进了301医院，习书记在百忙中到医院看望父亲，当时我也在座，因为"西安事变"纪念日12月12日快要到了，习书记和父亲谈起"西安事变"的事，那年党内和社会上不少传说，甚至有高级干部自称参加过"西安事变"，也在接待香港记者时歪曲历史真实。在这种背景下，习书记对父亲说："还是共产党员，站在什么立场上讲话，太不像话。"习书记再三劝父亲："好好养病，不要着急，早日恢复健康，你还要参加12月12日在人民大会堂开的纪念'西安事变'50周年大会。"习书记临走前还与父亲和我合影留念。

1987年后，我去找习书记大都是为我哥哥工作的事。哥哥孔令华无缘无故被北京卫戍区政治部免职后，当时航空部的领导对哥哥的处境表示同情，他们了解哥哥的能力，都知道哥哥是北航的高才生，于是就被借调到航空部系统让他到深圳自筹资金办科技开发公司。我把此情况报告给习书记，希望他能给当时负责深圳工作的李灏同志打个招呼给予支持。习书记很快就在一封信上批示"请李灏同志酌办"。那次是和孔令华一起见习书记，在这之后才有了深圳瑞达科技实业公司。

但哥哥被借调，一借就是五年，卫戍区既不让他转业，又不让他退休，说年龄不够。我为哥哥抱不平，无奈之下，约在1989年底，我决定再一次去找习书记帮助。

习老是那样好的一位老人，但凡有一点办法我都不会给他添麻烦打扰他，这会儿真正感到无路可走了。习书记是父亲的上级、战友，很了解父亲的为人，知道我们一家人为党为国为民的历史情况，他也深知父亲从不提及个人事的品德。他非常热情地在大会堂的办公室接待了我。

我把哥哥这几年有关情况给他详细介绍了一遍，他激动地讲：毛泽东的女婿也得给出路！难道连工作的权利都没有？何况令华是个德才兼备的人才。他即刻在我写的信上批给赵东宛同志酌办，请能予以转业（大意）。由于卫戍区的阻拦（什么转业年龄大，退休年龄不够），我在电话里和卫戍区有关部门的对话，听起来也很有意思。他们的态度不好，打着官腔，既不让转业，又不让退休。我说，总得给出路吧，不然咱们去找邓大人，我借车一同去吧！对方听我说这样的话，口气比较硬，反而态度和气了，这样折腾了好几次。终于到1990年10月3日哥哥才办了转业手续，落到了他的母校北京航空大学。

1990年初也是我与习书记最后一次较长时间会面。因为在这之后他就病了，我到医院看他是只能目视，没有谈话。这是

1993年11月29日，我和孔令华在深圳看望习老并送上哥哥主编的书、画册（图片是习老正在看书的情景）

心中难忘的点点滴滴

最后一次的谈话，也是在大会堂他的办公室。当时好像是班禅额尔德尼去世了，习老讲他与班禅友谊很深，懊悔地讲，班禅心脏不好，不应回去，身体怎么吃得消。讲班禅是一个好人，非常遗憾，失去了这位大师。当时我想习书记一直管统战工作，他对班禅十分了解，也很有感情。

赠言派岩同学：
学习贵在有志，
贵在立长志。
习仲勋
一九九○年四月九日

>> 1990年4月9日习书记给我儿子张焱写的字

当我讲到希望他看了父亲回忆录能写篇文章，他满口答应，但因种种原因，一直未能兑现。在谈到父亲时，习书记意味深长地讲你父亲是一个很正派的人，又很有能力。五届政协结尾时，就考虑过你父亲担任全国政协副主席的问题，由于你父亲的谦虚，觉得自己够了，后来才到全国人大任常委。这次我还请习书记给我儿子张焱写了字，鼓励孩子，字的内容是："学习贵在立志、贵在立长志！"

1990年某月某日，我听说习书记病了，这时我父亲重病住在301医院，医院不让他出去，他已没有能力看望习书记，他很着急，派我代表他和全家到友谊医院去看望习书记。我驱车到了医院，心情非常激动，心中祝愿老人家早日恢复健康，这么难得的一个好人。但我到医院时，他家中人都在，当时齐阿姨、近平、桥桥、远平都在，我把我父亲让我转告的话给他们叙述了一遍，就是要他们治疗组用中药给习老治病，并嘱咐希望有一个孩子随时跟在习老身边，不要离开……齐阿

1998年纪念毛主席105周年诞辰纪念活动时在深圳习仲勋叔叔家中与齐心姨合影（左起张焱、齐心、孔淑静、孔令华）

在深圳蓝园门前，习叔叔、齐阿姨与我母子合影

姨讲习老正在屋里练字，我没有和老人家搭话，只是默默地看了一会儿。我们共同祝愿这么一位有能力、有魄力，不管在任何情况下，坚持原则、刚直不阿的开国元勋，当年最年轻的国家领导人，改革开放的先行者，一个真正的共产党人，能早日恢复健康！

习书记出院后的日子，移居到了深圳，再去看望他就比较困难了。1993年，我到海南参加纪念毛泽东主席诞辰100周年活动，活动结束后我专程坐小飞机到深圳看望了习书记和齐阿姨，陪我去的有哥哥孔令华等人。习老坐在轮椅上，人消瘦多了，看到他和我四年前在大会堂见面的情景判若两人，我有点心酸。他见到我兄妹，挺高兴。能见到他，我们很欣慰。我把妈妈对他的问候讲了。习老总说你爸爸妈妈是好人哪！1998年我又去深圳参加纪念毛主席诞辰105周年纪念活动，从我内心讲我只要有机会，就要千方百计看望习老，这样一个光明磊落的人，在我见到过的共产党高级干部中，特别是国家领导人中，他是我最思念最敬仰最难忘的人。

1999年1月份，我最后一次看望习老。那年是我敬爱的哥哥因医疗事故不幸离去的日子。虽然我赶到深圳，接待得很周到，记得张高丽书记还亲自看望了我，但毕竟我到深圳奔丧，举目无亲，只有习书记一家格外关心我们，派人几次看我，送水果，参加追悼会，再

在深圳习老住所（前排左孔淑静、习仲勋、齐心，后排立者左起孔东梅、孔继宁、张焱）

心中难忘的点点滴滴

三安慰我，直说太可惜了太可惜了，又送花圈，又亲临到场，我很受感动。后携带儿子和侄儿侄女专程看望了习书记和齐阿姨，当时他们的女儿桥桥也在场。会见完后还与我们合影留念，这真是最后的会面，自那以后我

1999年2月在深圳习老住所孔淑静与革命老前辈习仲勋交谈时留影

再也没有看习老。2001年纪念父亲去世10周年，我给父亲出了一本画册，请习老题字词，也是通过电话与秘书联系的，不久就等来了习书记带病用颤抖的手写的 "大义凛然" 几个字。我们全家看后，既欣慰，又为他担心。我没想到这就是诀别了。

2002年噩耗传来，习老因病去世了，我格外伤心。母亲派我到305医院去看望遗体，是习老的女儿桥桥接待的我。当时马文瑞同志也在场，桥桥给我们介绍了他父亲病中的前前后后。她说得很细，我印象最深的是中央很重视。后来在他园恩寺家中设的灵堂，我去祭拜习老，看望齐阿姨。不日就在八宝山开追悼会，开会的情景简直是人山人海，我虽也参加过不少国家领导人去世的追悼会，但像这样大的规模，这么多的人，我还是第一次见到。可见习书记群众威信有多高，声望有多大，实为罕见。他的光辉形象永远活在人们心中。

2002年习老去世后我怀着十分悲痛的心情到他家中悼念，看望齐心阿姨时留影

蒙定军

作为晚辈我只能谈

及我个人接触蒙定军同志的感触。许多年前就听父亲说过蒙定军是原三十八军的（中共）工委书记，是个非常坦率正直的人。1973年他的夫人为其冤案一事到我家，请父亲帮助向毛主席、叶剑英等同志反映和转呈蒙老的申诉书。这段情景，蒙老的夫人杜琴岚阿姨后来回忆道："1973年10月中旬，我带着蒙定军同志写给毛主席、周总理、叶帅，内容相同的三封申诉

▶▶▶ 1978年父亲孔从洲与蒙定军、杨荫东叔叔合影留念

信，以看病为名来京上访。当时蒙定军同志已遭迫害，定评为特务、走资派而身陷囹圄，在监狱劳改农场关押，军事管制已六年多了。为了使他早日出狱，问题得以澄清，与'四人帮'斗争到底，我带着他的亲笔信，冒险来到北京。首先我决定要找孔从洲同志帮忙……孔老全家热情接待了我，我将蒙定军在三十八军工作的情况及'文革'中受'四人帮'迫害和被诬陷的情况，如实地向孔老作了汇报，并递上给毛主席、周总理、叶帅的信。孔老很激动地说，蒙定军同志遭受这样的迫害是不应该的，对蒙定军同志的历史，我是完全清楚和了解的。他并说，这事我要帮忙，要负责到底，信都留下。这三位领导同志我都能见得到。还要我回去后转告他对蒙定军的问候……"后来父亲给主席写信，主席有批示，促进了问题的解决。

但我真正认识蒙叔叔是他任十七路军党史办公室主任时。他的办公室在杨荫东叔叔家的楼上，我多次在杨叔叔家见到他。给我的印象是他俩总在争论问题，而又非常亲密。我很喜欢这样性格的人，虽然有点急，但这种人往往很正直。我很喜欢倾听他们谈话，在多次观望

心中难忘的点点滴滴

他们争论中，我深深感到蒙叔叔是一个非常正直正派的人。他总是在斗争，在批驳那些丧失了共产党人气节的人。但我至今未明白为什么有些人总是一手遮天，总是得逞。蒙老过于耿直，又气又累，生了重病。当他重病住在医院，我几次看望他。开始在305医院，后来又转到中日友谊医院。记得到中日友谊医院的最后一次看望，是我陪十七路军原三十八军老同志李幕愚去看他的。病危的他竟然激动地拉着我的双手说："你给咱们办了一件大好事，要不是你找到冯文彬同志，怎么会弄清三条指示是假的，把我们大家都给骗了……谢谢你！"听到蒙老给我说的这段话，我很感动。真是觉得自己做了一件有益的事。不同的人反应真是截然相反，那位大人物，埋怨我不应该去找某上级领导，还有人跑到医院给我父亲讲，弄清是好事，不应该让孩子去。好可笑，我都五六十岁了，有独立的见解和处事的能力，何况我去找冯文彬同志我父亲根本就不知道。倒也是，父亲如果知道，还真不让我去呢！父亲委曲求全一辈子，特别是对他个人已经习惯了，但作为父亲的后人，我绝不能让说假话的人任意欺侮老实人，蒙蔽和自己共事的老战友，以达到自己不可告人的目的。

蒙老在弥留之际，还念念不忘地对自己的子女说："死了的人把命都搭上了，活着的人要为死去的人说话。"这就是一个真正共产党人的伟大胸怀，也是我永远怀念的一位长者。

王 平

我非常欣慰地得到了范景新老人嘱咐编辑给我寄的《回忆王平》一书。读过这本书，使我更进一步了解到王叔叔一生的丰功伟绩和高尚的道德风范。无论在战争年代还是和平时期，直到他的晚年，都体现了一个无产阶级革命家的宽阔胸怀，展现出一个优秀共产党员的忘我牺牲精神和模范作用。我经常怀念着他老人家，他不仅是我父亲孔从洲的战友，也是我这个晚辈的导师和楷模。我年轻时就知道王平叔叔的名声和威望，但真正接触是1975年。在我记忆

中永远不会忘怀的有
两件事。

王叔叔是1975年
到北京军委炮兵工作
的。当时林彪反党集
团已经暴露，坚冰已
开始融化，但因为
"四人帮"还在台
上，极"左"思潮影

革命老前辈、中顾委常委王平叔叔与作者亲切握手

响很深，致使许多政策不能落实，受迫害的同志没有平反昭雪。王
叔叔到炮兵后，抵恶风，树正气，立场坚定，旗帜鲜明，为受害的
干部、群众平反，为迫害致死的同志昭雪。仅仅在炮兵工作四个月
就为280多名同志恢复名誉并逐步安排了工作，受到广大干部和群众
的爱戴和拥护。

另一件事，是1995年9月17日，我已经从部队退休，王叔叔已88
岁高龄，他和范景新阿姨应我的邀请，毅然出席了由我主办的《依
然香如故》电视剧的首映式。当时出席首映式的老前辈还有陈锡
联、宋汉良、于陆琳、王巨才、阮若琳、尤香斋、陈亚琦、钱俭、
何浩、苏凡、王璇梅、总顾问田华、总监制孔令华等。

这部电视剧是描写新中国成立后，全国第一个三八女子采油队
的艰苦创业的故事，此剧既有生动的悲欢离合的故事情节，又展现
了当时战天斗地的采油岁月。当年参与者宋汉良同志（新疆自治区
书记）观看时都掉下了眼泪。但毕竟和现在社会上流行的电视剧
不同，从商业价值上绝不如什么言情片、武打片、鬼怪片的经济效
益。在这种情况下，王叔叔看了片后，在离开场地时对我讲："现
在难得看到这么好的片子，以后应多拍这种片子。"他的这句话在
一般人听了可能不是什么大事，但这给我很大的安慰和鼓舞。虽然
说我不是搞这个行当的，只是当时迎接世界妇女代表大会的召开，

义务帮忙拍了这部片子，但他的这句话使我深深感受到老一辈无产阶级革命家对革命传统电视剧的渴望和重视。是他的这句话支持着我为此剧拍摄经费的还款跑了全国七个省四个市，克服了种种困难，病倒了，又爬起来，有个朋友讲："就你为此剧到处跑经费的艰难曲折都可以拍一部生动的电视剧了。"最后费了不少的周折，在一些革命前辈和有关电视台领导的帮助下，终于完成了这件事（在我前边回忆录中已讲述）。

在这以后的日子里，我听说王叔叔因病住了301医院，我一直想去看他但未能如愿。那次电视剧首映式后我再也没有见到他老人家。他去世后，我站在他遗像前悲痛万分。

我虽已退休进入老年，但我会活到老，学到老，锻炼意志到老。他的优秀品德、道德风范永远值得后人敬仰和学习。

杨荫东

杨叔叔匆匆离开人世，是我始料不及的。他的音容笑貌经常在我的脑海中出现。纪念父亲百年诞辰的会，是他和我们一起策划倡导的。

我认识杨叔叔好像是70年代初"9·13"后，那时在节假日时，我常陪同父亲到他家，听他和父亲谈话给我最深的印象是，是非分明，讲什么问题都有根有据。父亲长他15岁，他总是称父亲孔老，很尊敬父亲。父亲常常赞扬他，讲杨叔叔是十七路军三十八军中最年轻的干部，聪明，精干，分析问题很客观，是个非常值得信赖的人。他不管是做情报工作还是全国解放后跟周恩来总理负责中央对台办工作，都很出色。父亲病重时给我讲，他不在世了，遇到什么难解的问题、拿不定主意的事，找杨叔叔商量。这句话我一直记在心中。父亲走后，我唯一经常联系的人就是杨叔叔。父亲晚年为三十八军正名，向中央反映意见或发表纪念文章，这些意见或文章有些也是杨叔叔参与起草。当时我对父亲说你把纪念杨、孙、赵的文章都写了，谁将来写你呢？这本是一句开玩笑的话，杨叔叔认真地说由他来写。父亲去世10周年我去找杨叔叔，还真兑现了。这中间还有段有趣的故事，本来薄一波同志同意写一篇纪念父亲的文章。

1996年9月14日在科学会堂纪念毛主席去世20周年时我与杨荫东叔叔合影

薄一波同志了解父亲。在当年成立西北民主联军三十八军、中共中央任命父亲为军长时前后，薄老接待过父亲。他也了解父亲在"文革"中冒着风险看望、关心、帮助老同志的正义作为。父亲病危时，薄老还到301医院床前给父亲鞠了三个躬，表示对父亲的敬重。纪念文章就由杨叔叔起草。完成后我亲自送到薄老办公室，吴秘书接待。文稿有点长，都是薄老亲自修改压缩了一些，原定在《人民日报》上发表，但《人民日报》还未发表，就被冯征同志推荐在《炎黄春秋》杂志以杨荫东叔叔的名字发表了。弄得我非常被动。吴秘书专约我解释了一下：因为薄老已看到《炎黄春秋》上发表的这篇文章，不好再以薄老的名字继续在《人民日报》登载了。这就是标题为《纪念孔从洲同志诞辰95周年》的那篇文章。

我很愿意与杨叔叔聊天，他平易近人，几次我到他家都碰到他原来的司机在与他谈话聊天。我们在一起谈话海阔天空，有国际形势，国内状况，原三十八军的历史和毛主席多次对三十八军的评价。当他讲到当年在延安他们那些年轻人不愿去十七路军做党的工作时，毛主席说："穿着国民党的军装，给共产党做事还不好？不去就在这儿开荒地吧！"关于毛主席对这个部队的许多指示，杨叔叔都在纪念父亲孔从洲诞辰95周年那篇文章写得非常清楚。这篇文章已收集到了解放军长城出版社出版的《孔从洲将军》一书中。当他讲到毛主席、周总理对这个部队的关心时，非常自豪。他多次给我讲毛主席和孔从洲结儿女亲家是三十八军的光荣。杨叔叔派他的爱子杨元元去看望过李敏，遗憾的是在他健在时，李敏始终未到他家，倒是派子女去过，直到杨叔叔的追悼会，我才找来了李敏去八宝山悼念杨叔叔。令我难忘的是，在哥哥不幸出事后的追悼会上，杨叔叔带病由两个儿子搀扶着亲自到会。痛苦得直说可惜可惜呀！我知道他很喜欢哥哥，他觉得他是一个德才兼备的优秀人才，深深地同情哥哥的处境。

温朋久

2004年年末，我由儿子张焱陪同，到北京医院遗体告别室送别了一位百岁老人——父亲的好友温朋久伯伯。安详地躺在鲜花中的老人，激起了我那久远的思念。那是在父亲去世的前几天，我守候在父亲的床前，忽然听病房外响起了一阵有规则但迟缓的拐杖拄地的声音，由远而近，直到病房门外。来的这位老人就是已经86岁高龄的温伯伯。他比父亲大一岁，是1905年生人。他是听说了父亲病危的消息，自己从东四坐地铁拄着双拐（因为温伯伯的骨折还未痊愈）艰难地来到五棵松301医院父亲的病床前的。我急忙招呼他坐在父亲的床旁，他眼眶中的泪水不禁洒落下来。我劝他别太伤感，毕竟也是86岁的老人了。温伯伯坐在床边久久凝视着父亲的面部，突然抚摸父亲的右手用他洪亮的嗓音和那天津味的普通话对着父亲说："从洲老弟，你老哥今天送你来了，我腿不好，自己坐地铁来的，谁知你已是这个样了啊！看着你受罪，我心里不好过。人都有这一步，你就痛痛快快地走吧！没啥可遗憾的，我知道咱这一辈人不易啊，错走了一步都不得了，你北伐参加战斗，'西安事变'不辱使命，抗日战争舍命，跟着共产党建立新中国，一步一步都是对的又没错！建国后又一心一意搞建设，'文革'我们都挨整。我知道你没做过一件亏心事啊，该干的都干了，不亏心，你就好好走吧，我说了这么多，你要是明白。你就表示个意思，

温朋久伯伯在我家门口与父亲孔从洲及我合影

也不枉老哥送你一程啊！"说完这番话，温伯伯看了看父亲，慢慢地站起来，准备离去，这时父亲突然动了动头，再看看父亲的双眼已滚下了几滴泪水，明白温伯伯的话了。

日月如梭光阴似箭，十四年后温伯伯也离开了人世。我家自父亲去后，和别家来往很少，但温伯伯始终是我家最亲密的朋友。逢年过节老人家总是来电话，给我母亲问好！我母亲也常嘱我去看看他老人家。曾记得我认识温伯伯时，是"9·13"后的1973年，他"文革"挨整，被安排在车库的房里居住，由于潮湿使关节出了毛病。我父亲得知后，十分焦急，父亲多次找到外交部系统领导和向北京市委的熟人反映情况，希望能予以照顾解决住房问题。当时我想，父亲是军队干部，地方谁能听你的呢！但父亲不甘心，总是千方百计找这个、找那个，直到最后温伯伯的住房落实了，父亲才放心。这时我才了解了他们之间的深厚友谊。他是个正直、铁面无私的人，大事小事都很有原则，但又很诚恳热情。他最敬仰周总理，总希望后人要向总理学习，他常讲他和刘锋文伯母在国外工作的日子。温伯伯是位德语通，年轻时在父亲所属的部队当过教官，他是中华人民共和国驻日内瓦第一任参赞（是外交部最早的司局级干部），他对周总理无比的热爱，他赞赏总理的为人处事，外交风范，每每讲到此处，他都感慨不已。2002年他已90多岁的高龄，行

心中难忘的点点滴滴

动不便，还亲自打电话给我，要我带孔令华到他处，去看望他，那时令华遇难离开了人世，我又不敢讲实情，支支吾吾说了几句就放下了电话，在以后的日子，好长时间我不敢去看望他，怕他问及此事。2003年3月我出版了《唯实——我的哥哥孔令华》一书，也不能完整给他送去，我做了两本把涉及哥哥去世内容删掉的书给他们，以免我母亲和他老人家知道真情伤心。2003年春节我受母亲的嘱托，带着纪念我父亲的画册和我写的《唯实——我的哥哥孔令华》一书去看望他，那时他行动困难，但精神还挺好，令我吃惊的是他已经知道令华哥哥遇难的事。他态度平静，这样我的心里踏实多了。当时他不断翻阅纪念父亲的画册，看着父亲昔日与他在我家门口的合影，时而又问我母亲的身体状况，还反复嘱咐我"令华的事不要让你母亲知道为妥"。这时，室内的电视开着，荧屏上出现温总理的镜头。我随口讲，总理很辛苦，群众威信很高，哪里是困难危险的地方，他就出现在哪里，真是人民的好总理。老人家却讲，应该向周总理学习。并说家宝前一天来看过他，还说，温家宝总理实际的形象比电视上年轻。我看老人家脸上露出了欣慰的表情，我挺高兴。没想到这竟是我最后一次与他老人家的交流！2004年春节前，他老人家离开了人世。我只能注视着他的遗体，看着他那安详的面孔，回眸他的音容笑貌与他永别。后来，我陪同温伯伯的子女们把他和刘伯母合葬在万安公墓。当日，非亲属的就我一人，这也是我唯一一次安葬别的老人。他已是百岁老人，我祝愿他到天国与我父亲

图片是2003年春节期间我看望温伯伯时摄，图为他老人家正在看父亲的画册

相会，去畅谈他们的离别十四年的风风雨雨。

贺子珍

我第一次见贺子珍是1963年，当时是为了送继宁去上海见外婆，哥哥与李敏那时忙于工作和学习，就把孩子放在我父母家，由我们家照顾。贺子珍指定要我这个当姑姑的送他，工作人员去送她不放心。

孔令华、李敏与贺子珍在南昌合影

贺子珍住在上海湖南路262号，这儿是陈毅当市长时让她住的房子。我到了上海贺子珍的住宅，第一次见到了这位中外驰名的井冈山女将军。她待我很热情，再三提出要陪我去上海几处名胜地方转转。但是因为我当时工作繁忙，不能多住，星期六晚上到了上海，星期天晚上就得赶回工作单位。那个年代正是学雷锋的时期，大家对自己要求很严格，贺子珍也能理解我要走的心情，星期天傍晚急急忙忙带我到黄浦江边转了一圈，当晚我就返回了南京。当时我在南京解放军炮兵工程学院工作。多年后有人问我去过上海没有，我只能说等于没去，只是贺妈妈带我在黄浦江边转一圈，并给我介绍说那个公园在旧社会时入口处写着"华人与狗不得入内"的牌子，使中国人民受尽了侮辱。今天解放了，这里变成了劳动人民的公园，可以随便出入。此次上海之行给我留下的唯一深刻印象，就是贺妈妈给我说的话和她那朴实、亲切、通情达理的神情。她身边的工作人员很尊敬她，也很喜欢她，都叫她姨妈。

毛主席病危时，华国锋同志派人找到李敏。当时李敏住在哥哥

>>> 父亲与贺子珍交谈

工作的三十八军驻地保定。把她接去见到主席时，毛主席已不能说话，直流眼泪，还拉着李敏的手画着一个圈圈，这是在怀念李敏的妈妈贺子珍呀！因为贺子珍的小名叫桂圆。主席去世后，李敏和哥哥去守灵，在这万分悲痛的日子里，我们全家在哥哥家设立的灵堂祭奠主席。看到当时的合影，至今我的心情还很激动。

贺子珍得知毛泽东去世的消息，哭了好几天，情绪极为低沉。这段时间在上海的贺子珍不分昼夜往我们家打电话。贺子珍抱怨说李敏和哥哥没有照顾好爸爸毛泽东，毛主席是被江青害死了。后来，当李敏和哥哥去看望她时，她一面哭一面说："你们的爸爸去世了，临终时连儿女都不在身边，他好可怜啊！"她再次埋怨李敏和哥哥，不该搬出中南海，没能很好地照顾爸爸，他果然被江青害死了。又说要告诉宋任穷、叶飞等老同志注意安全。李敏与哥哥在主席的治丧活动结束后，马上奔赴上海，守候在贺子珍身边。他们怕老人家经不起这个打击。

1978年我陪同父亲到上海参加一个追悼会，顺便去看望了贺子珍，这时贺子珍的身体和精神状况已大不如前了，毛主席的去世，对她打击很大。

我第三次见贺子珍是1979年的秋天，贺子珍一生中第一次来到了北京。这位井冈山时期有名的贺氏三兄妹之一，为新中国的建立献出毕生的心血，她的父母亲也为革命献出了生命。她早就应该到自己为之奋斗的新中国首都居住，可由于江青的阻挠与迫害，致使贺子珍在粉碎"四人帮"后，才第一次踏上北京的土地，来到北京。

那是1979年九月中旬，我陪同父亲、母亲和哥哥、李敏去飞机场接贺子珍。那天到机场接贺子珍的还有她的战友康克清、曾志等人。301医院来车把贺子珍直接接到了医院，医院安排贺子珍住在南楼高干病房。301医院离我家不远，我陪父母亲经常去看望她，哥哥和李敏经常守护在她身边，贺子珍妈妈感到了晚年的幸福。

贺子珍来北京最大的愿望是想看望在革命最艰苦的岁月中生死与共、相守十年的毛泽东，可如今她只能默默地瞻仰他的遗容。毛泽东是她一生最大的精神支柱。

哥哥和李敏陪同她到毛主席纪念堂，把事先准备好的一个花圈敬献在毛泽东的坐像前。花圈的缎带上写着"永远继承您的遗志，战友贺子珍率女儿李敏女婿孔令华敬献"。当贺子珍见到主席遗容时，我看见她满面泪水。她在毛主席遗体前久久不肯离去。

>> 主席去世后，孔令华专程去上海照料贺子珍时合影

贺子珍在301医院住了一年多。由于哥哥和李敏的精心照顾，她非常开心。每次我们去看她，她都笑容满面地问长问短，还经常和我们掰手腕比手劲。她想到病好后还能为党工作，女儿女婿和孙子们能在她的身边，她对生活充满了信心。她的病情已经稳定，关心她的战友、朋友、亲友都为之高兴。

就是这一年初，我父亲写信给邓小平同志，反映了贺子珍的状况。她是井冈山秋收起义的唯一健在的女同志，长期受江青之流的

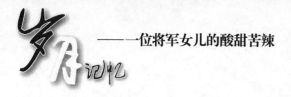
迫害，建议能增补她为全国政协委员。我父亲当时是全国政协常委。很快邓小平批示贺子珍增补全国政协委员。那年增补的委员还有缪云台、王光美。听我父亲讲，全国政协常委根据小平同志的批示，决定增补贺子珍为全国政协委员时，需查她的档案材料，这时才发现无论上海还是中组部都没有她的档案材料。这个从1926年就投身革命的老红军战士，竟是一个没有档案的"黑人"。这是江青一伙人一手遮天、企图把她——一位老红军战士从历史上、从现实中抹掉的罪证。当时开会参加通过贺子珍为全国政协委员的常委们听到这个情况都义愤填膺，纷纷为贺子珍打抱不平。大家认为江青对贺子珍这样的迫害是最毒辣的一手。

贺子珍增补全国政协委员后，报纸上发表了她和外孙女孔东梅的照片。人们到这时才知道这个隐姓埋名几十年的女英雄贺子珍还活着。四面八方的人来信询问贺子珍的情况，有的跑到北京来看望她，特别是她家乡永新的父老乡亲，都念念不忘为国为民打天下的女司令，他们纷纷来北京看望贺子珍。在永新，人们还给她立了塑像，纪念她的丰功伟绩。

贺子珍在301医院期间，胡耀邦同志送过花篮，许多老战友来电话或看望她，她在长征路上曾用自己身躯挡住敌人的子弹而救过的宋任穷夫妇也来看望她。她身上的子弹到她去世时也未能取出。

贺子珍想久住北京安度晚年，和她唯一的、最亲爱的女儿、女婿团聚。按说贺子珍的资历、贡献，分配一套单元房子，使她颐养天年本

贺子珍与她的外孙女看画报

是极正常的事。但恰恰相反，不知为什么，每走一步都非常艰难。贺子珍参加革命几十年，但现在无档案，无工资，无住房，为此哥哥、李敏给中央写报告提出建议，希望组织能解决以上问题，一直未得到正式回答。倒是军队的一位领导同志声称代表军委领导找我父亲谈话，让我父亲严格教育子女，说哥哥和李敏写的报告是胡闹。当时我父亲讲："如果你没有这三条：档案、工资、住房，你干不干？如果你干，我就给他们讲，如果你不干，我就没法讲了。"事实上，哥哥、李敏的建议要求是正当的、合理的。在这之后，据说要给贺子珍房子，我听说和康克清住在一个大院里。因为康克清和贺子珍是战友、同志，又是好朋友，互相了解，如能住在一起互相照应再好不过了。但和康克清同院的一栋房子由康生的夫人曹轶欧住着。组织上给曹做工作，她多年就是不搬，这次说是给贺子珍腾房子了，曹轶欧才肯搬出。说来也怪，连附近商场的售货员都知道了。但事实上贺子珍根本没有住上这栋房子却被军队的一位领导住了。有关领导又讲给贺子珍另找房子，还让令华哥哥远远望了一下，但一直未给钥匙，看来答应的住房全落了空。其他两条就更不可能了。不久有关负责人代表组织和孔令华、李敏谈话，说上级决定让贺子珍回上海华东医院。这个突如其来的命令使哥哥和李敏非常吃惊。难道这个在革命最危难关头置个人生死于不顾，并在革命的艰苦岁月与毛泽东相伴十年的革命老人，就不能像普通干部一样有一住处。这让任何一个精神正常的人都无法理解，本来经过301医院的治疗，加上亲人的团聚，精神上的安慰，贺子珍的病情稳定了许多，当贺子珍知道了让她返回华东医院的指示后，她的病情加重了。她坚决表示："哪儿也不去。"哥哥、李敏和我都知道她内心深处最愿意留在北京。据医生讲，贺子珍病情稳定，病人自己觉得身体状况不错，完全可以在家休养、治疗，不必非到医院。为了做贺子珍的工作，这位负责人对哥哥说，他的话是代表组织的，并说贺子珍最听你（指我哥哥）的话，你要听从组织的话。要

心中难忘的点点滴滴

哥哥服从组织的决定，劝她（指贺子珍）还是回上海华东医院。我哥哥这个人一贯听组织的话，听党的话，以大局为重，就只好劝贺子珍。贺子珍听了令华哥哥讲的话表示同意回上海，但不去华东医院，要直接回上海原来的住处湖南路262号，绝不上华东医院去。哥哥把贺子珍的意见给这位负责人汇报后，他表示组织同意不去华东医院，可直接回上海湖南路262号。在这种情况下，哥哥才陪同贺子珍上了返回上海的飞机。谁能料到飞机到了上海机场，这位负责人竟然派来人把贺子珍直接送到了华东医院。到这时哥哥和贺子珍才发现整个事情是个大骗局（受了骗）。真不知道是谁的旨意，还是谁的主意。如今想起来我仍不解其中奥秘。但我知道这件事情的发生使贺子珍的病情更恶化了。贺子珍很明白，多年来她住过多少次的华东医院，在医生精心治疗下病情稳定。好些时，她就回到湖南路家中住，犯病时就及时住进华东医院医治。在这件事之后，贺子珍一病不起，病情不断加重，她痛苦地和疾病斗争着……

1984年4月15日，"中办"突然来电话通知哥哥和李敏，说贺子珍病危，并说已准备好去上海的飞机票，要李敏、哥哥全家马上到上海去。他们乘飞机到达上海后，直接到了华东医院。他们天天看望着贺子珍，守候在她身边。18日晚上病情突然恶化，到19日下午贺子珍的心脏跳动越来越弱，心电图再也不显示，她终于离去了，享年75岁。

亲人们拥到她的床前，悲痛万分地流着眼泪，向她的遗体告别。哥哥非常悲痛，李敏哭得气都回不来。贺子珍的后事怎么办？哥哥和李敏的舅舅贺敏学给我父亲打来了电话，让我父亲想办法向当时的中央领导说明哥哥、李敏和亲属们的意见，因为她的女儿女婿在北京工作和贺子珍本身的具体情况，应把骨灰安放在北京八宝山。接到电话后，我即刻陪父亲去找了习仲勋同志，讲了我们的意见：一、把贺子珍的骨灰安放在八宝山骨灰堂；二、贺子珍是井冈山的老同志，又在革命最艰苦的岁月与我党领袖毛泽东相伴10年，对革命有特殊的重大贡献，应在报上发表消息和简历。

在八宝山安放贺子珍骨灰时亲朋好友等合影

　　习书记很快向当时的中央领导胡耀邦报告，在这之后没几天组织通知哥哥和李敏，已批准贺子珍的骨灰安放在八宝山。第二天《人民日报》发表了贺子珍去世的消息，并在消息中简要地介绍了贺子珍的简历。

　　贺子珍的骨灰运到北京时，我陪同父亲去飞机场迎接，哥哥抱着贺子珍的骨灰盒与李敏一起走下飞机。我和父亲看到这种情景，心中十分沉重难过，把他们送到地安门家中，大家一路无语。第二天我陪同哥哥、李敏一同去八宝山安放贺子珍的骨灰。好多老同志从报纸上看到贺子珍去世的消息。把电话打到我家询问如何参加追悼会，然而我们无法奉告，连我们自己都不知道怎么处理这件事。众多人都自发地来到了八宝山悼念贺子珍，她毕竟是井冈山时期的老同志，她的战友、生死与共的朋友、同志大都在北京。谁能想到这么一个井冈山时期的女将军，离开人世时只能由她的女儿、女婿自己主持；有的人哭得很伤心。当时我只看到了贺子珍的战友曾志等一些老同志。贺子珍骨灰安放没有任何组织帮助料理，乱哄哄的，只听到人们在议论纷纷，这么老的同志为什么没有人来管，连个人都不来呀！

　　从贺子珍生病到她最后离开人间，哥哥尽了最大的努力关心和照顾。如对亲生母亲，胜过亲生母亲，为贺子珍送了终，可算是尽到了孝心。为了贺子珍晚年能愉快幸福地和他们生活在北京，

心中难忘的点点滴滴

> 1984年，在八宝山革命公墓房间安放贺子珍骨灰时李敏、孔令华、孔继宁、孔东梅一家合影

他受了不少的委屈，但他能忍耐，能顾全大局。九泉之下的贺子珍也许能理解这个朴实无华的她心中的"小孔"的心。对这一切我是亲眼目睹这一幕难以忘怀的记忆，也算是我内心对贺子珍及哥哥他们的纪念吧！

献给哥哥的书——《唯实》

1999年元月哥哥孔令华出事时，母亲正住在301医院，因心肌梗死经抢救后刚趋于稳定。此事我一直隐瞒至今，对于哥哥的离去，母亲肯定承受不了，我们不能让她知道。我忍着内心的痛苦，表面装着若无其事。我这个一辈子都做老实人、说老实话，不说假话的人，这时也不得不学编假话，只能用善意的欺骗来安慰自己吧！我对母亲讲我女儿孔辉从澳洲到深圳出差，要约我去见一面。我以此为借口说服了母亲，我才脱身直奔哥

哥出事的地方深圳。

当噩耗传来时，真是晴天霹雳，好好一个人突然就没有了，我怎么也不能相信这是事实。

全国政协主席李瑞环同志在他的办公室会见孔淑静时留影

深圳红会医院在抢救过程中出现的医疗事故，使哥哥突然停止了呼吸。我连最后一面都没见上，而只能在冰冷的冷库房，抚摸他那坚强的脸庞。无力回天，只能面对现实。我还有年迈的母亲正在病中呢！我哭得死去活来，与我兄妹情深的唯一亲兄长就这样永别了，直到现在我常梦中与他相见，仿佛他还活着，他在我心中永存！

哥哥的遇难，是我一生中最大的打击。我一想到此事，就痛不欲生，有两年多时间不能在电话中提起此事，不然精神经常恍惚。我的儿子张焱看到我精神状态异常，怕我出大问题，再三劝我把心里想说的话写出来，免得憋坏了，影响身体。我觉得此话很有道理。我不能垮，我还有年迈的母亲要我养老送终。同时，我心中有很多的话，需要写出来。我用了近两个月的时间就把初稿写了出来。哥哥及我们全家一辈子都做老实人，我所写的都是真人真事的故事，思考再三，觉得"唯实"二字作为书名最为合适。

时任全国政协主席的李瑞环同志在我哥哥遇难时，让秘书打过电话，对我们亲属表示慰问。记得纪念"西安事变"60周年时和后来，他先后两次接见过我们。可能这些原因，我把书初稿目录通过王秘书送上，他很快题写了"唯实"书名。这本书终于于2003年3月由海南出版社出版，这总算完成

孔令华、李敏与孔淑静在他们家中合影

心中难忘的点点滴滴

了我的心愿，在我有生之年把纪念哥哥要说的话都基本表达了。这本书还是有一定的影响，很快就在5月23日作家文摘刊载介绍了。全国先后就有十五六种杂志、报纸转载介绍该书。我也收到不少电话询问怎样购买这本书，有的图书馆也收藏了此书。这些都给了我很大的欣慰。

任劳任怨的母亲

我儿时就会唱几句歌"母亲的光辉好比皎皎的明月，永远地永远地照着你的心……谁关心你的饥寒，谁督促你的学业，只有您，伟大的母亲……"是的，母亲是伟大的，许多作家写出了无数赞美母亲的精彩文章，这些优美的文章都会深深地触动我，因为我觉得每一篇文章都像是赞美我的母亲。

母亲坐在家门口留影

我的母亲很年轻时跟随父亲入关回到了西安。父亲虽当了杨虎城的炮兵团长，但母亲的生活一直很清贫，特别是进入了父亲的那个封建大家族的家庭，受尽了人间少有的折磨。那个年代，兵荒马乱，我的姥姥想念我的母亲——是她最小的女儿呀！就随我姨妈（母亲唯一的姐姐）一家挑担，沿途从河南南阳，乞讨到了西安找我的母亲。他们住在西安北关铁路旁的窑洞里，姨夫给地主家干活来维持生活，这些窑洞大都住得是河南逃来的难民。姥姥他们去找过母亲，但父亲那个封建家庭的家长，看不起贫困的外乡人，对她们很冷淡。从此有志气的姥姥再也不到这家，就一直随姨妈住在窑洞里，过着极端困苦的生活。父亲那时上了前方，从不过问家中的事，母亲年轻又特别善良，不敢和父亲家人说理，只能抽空去窑洞看望姥姥，每次去还要受封建家长的责难，母亲忍气吞声，不敢得罪，姥姥直到临终也没过一天好日子，甚至连个像样的棺材都没有，只是用木板子抬着，地上还留着血（得的一种病）。

母亲年轻时与我合影

多少年后，到了我母亲晚年，她还常提及此事，可怜她的老母亲，还经常呼唤着妈妈。姥姥的画像（没有照片）放在她的窗前，母亲经常呆呆地望着。姥姥在世时，我还没出生，以上有关姥姥的事都是我成年后母亲告诉我的。但我还是记得姥姥去世后，母亲唯一的亲人就是我姨妈。母亲常常带我到姨妈家去，我至今仍清晰记得我随母亲去的情景，她家住在很脏乱的窑洞里，就在火车站旁。姨夫给地主家干活，烈日当头，没有衣服穿，晒得背部又红又脱皮，我虽幼小，看了都很心痛。姨夫对我特别好，我想吃什么，他就千方百计给我买，虽然生活很苦，但他总想满足我这个孩子的愿望。那时，我常跟表哥一同去玩，到地主家收割完的麦地里捡麦穗、挖草根蒺藜烧火做饭用。表哥比我大七八

1981年出国访问前父亲孔从洲、母亲钱俭合影

岁，自然比我懂事，记得他有时给有钱人家死人送葬时打旗，挣来一个包子或馒头，还要给我吃一半，给父母留一半。他很懂事，也很聪明。

在他家我过得很愉快，大人的苦痛，我当时是不会理解的。就是那窑洞床

>> 母亲与儿子孔令华最喜欢的一张照片

上的虫子，我十分害怕，我不明白这家人为什么这么穷，孔家却要富裕得多。我幼年的记忆就是母亲回到孔家，就埋头干活，下地收庄稼，摘棉花，掰包谷，侍候老人。也可能母亲善良，任劳任怨，吃苦的行动感动了他们，家长式的我的爷爷奶奶对母亲好了一些。后来母亲带着我和令华哥哥到了前方与父亲团聚，母亲从不讲她受苦的情况。这时，母亲做了有益抗日的宣传工作，因为母亲在大革命时期（北伐时期）她就参加过杨虎城将军夫人谢葆贞同志组织的学文化、给北伐伤病员募捐、宣传革命等各项活动。母亲对这项工作是熟悉的。但母亲从来不讲，我知道的都是父亲的战友给我讲的。

>> 1990年10月3日父亲孔从洲84岁生日，母亲与我陪伴在医院中度过

母亲一生很不易，她17岁嫁给我父亲，战争年代颠沛流离，受尽磨难，身上落下许多疾病，回到解放区后，在西北民主联军第三十八

军留守处做行政保管工作，1948年才辗转见到我父亲，后随军南下，进军大西南，部队到四川铜梁后组织批准她到炮兵速成中学学习。她非常认真，学的各门课程都是优秀，毕业后分配到炮司行政办公室工作。毕业定级的名额有限，母亲是排在定级之列，父亲知晓后，一定要将母亲的名额让给另外一位同志，也因此母亲一直未能定级别。对此母亲都一一答应，毫无怨言。1955年后母亲在战争岁月所受伤痛时常发作，就因

>> 2000年秋在玉渊潭公园，我推着母亲散心

病休养，至今一直未离开部队。母亲在三年自然灾害的困难时期，带病勤俭持家，教育子女，还尽力帮助他人，受到解放军总政治部的表彰。十年动乱中父亲受到打击迫害，由于周恩来总理的关心保护才免于关押，此事是陈锡联同志告诉我的，他们要打倒父亲时报告总理，总理讲"从洲同志在'西安事变'有功，要打倒关押他要我知道，报毛泽东主席批准"。在这种情况下，父亲与母亲保持了人身自由。母亲还经常主动照顾被打倒关押的同志及其家人的生活，甚至帮助外地到北京上访的同志。经常把家中钱、物接济困难的同志，以致我们每月的生活家用都很吃紧。但母亲依然凭着自己的良知给予遭难同志力所能及的帮助。平日里，自己却勤俭清贫地生活

>> 母亲正在展阅由她任顾问的《孔从洲将军》

心中难忘的点点滴滴

2007年4月在京西宾馆纪念母亲钱俭90大寿时，母亲与参会人员合影留念

闫同刚 摄

着，由于没有定级，至今的生活费也就每月1000多元，但比过去几十元、几百元多了一些，当年我父亲重病住院，他的战友们探望父亲时，他多次讲"对不起钱俭（注：笔者母亲的名字）……让她任劳任怨一辈子"。父亲离开人世前给我们留下的遗嘱是"……我所有遗产由淑静继承，赡养其母亲终生……好好为党工作并教育好子女，我死也瞑目……钱俭你随我吃了一辈子苦，工作并料理家务使我能全心全意为人民工作，希望你多保重身体，我在九泉之下也会得到安慰。"父亲病在医院，我常去看他，有一次他突然对我讲，他一生最对不起的就是我母亲，再就是对不起我，我听后当时抱着父亲大哭了一场。

过后吓得我直怕他老人家受了刺激犯病，好在平安地度过几日，我才放下心。我理解父亲的心思，母亲一辈子都是听他的，他

2007年4月在京西宾馆纪念母亲90大寿生日时，母亲与全家合影

母亲88岁生日在家中（左为女儿孔淑静，右为儿媳李敏）

母亲钱俭在家门口与晚辈合影（左起孔辉、渊渊、张焱、孔淑静）

> 军委副主席派有关部门领导到我家授予母亲抗日战争胜利60周年纪念章并慰问老人家时摄

可能只想让母亲作贤妻良母，相夫教子，没有关心她的政治、生活待遇，父亲认为只要有他一个人工作，全家就够生活的了，所以没有帮助母亲很好发挥出她的潜力。母亲在敌人面前视死如归，临危不惧，在亲人战友面前，总是给予别人无微不至的关怀。母亲太善良了，这点就是他们共同的特点吧！到了晚年父亲有时看着母亲自言自语地讲，我走了你们（你和淑静）会怎么过呢？可见他的担心，也是后来要我给母亲养老送终的依据吧。作为女儿我照顾母亲义不容辞，就是没有父亲的交代，我也会与母亲相依为命走完人生。父亲每每看到我总是一个人去看望他，因我个人家庭不太融洽，他一定感到我不幸福，这种不幸与他有关系，这真是一个人一辈子的终身大事，到了老年我才有了深刻的体会，父亲说的对不起我恐怕就有这些含义。我有时心情不好，也发过牢骚，但母亲从不埋怨，陪伴父亲终生无怨无悔。她淡泊明志，总是以宁静致远的心情对待人生。我想她90多岁的高龄可能与此心情有关。1987年，母亲和父亲被中国妇联、解放军总政治部首次推选为全国金婚伴侣。1991年6月7日父亲去世后，母亲一直致力父亲史料的整理工作。在纪念抗日战争胜利60周年时母亲被中共中央、国务院、中央军

> 团拜会上中央军委副主席徐才厚同志与作者合影

委联合授予了中国人民抗日战争
胜利60周年纪念章，军委副主席
派有关部门领导到我家办理此事
并慰问了老人家。这就是我的母

团拜会上总政治部主任李继耐同志与
作者合影

亲，既是一个普普通通的劳动妇女，又是一个伟大的母亲。

纪念毛主席活动拾零

每年12月26日毛主席诞辰和9月9日毛主席逝世的日子，我都会
到毛主席纪念堂瞻仰毛主席的遗容，看望他老人家。不论是党和
国家举办的，还是群众团体组织的活动，只要有邀请我都会积极
参加。在共和国建立60周年时，我们会更加怀念以毛泽东主席为
代表的老一辈无产阶级革命家，是他们奠定了共和国的基础，没
有毛主席就没有新中国，这是印在广大人民心中的基石，是谁也
改变不了的事实。

我有幸参加过多次纪念活动，这里只记述至今仍让我难以忘怀
的几次。

1993年11月，由原中央戏剧学院副院长、著名戏剧教育家阮若

纪念毛主席诞辰100周年与前来参加纪念座谈的革命老前辈合
影（一排左起吕正操、余秋里、陈锡联、杨成武、曾志，后站
左起孔淑静、王景清、邵华、孔令华、刘松林、杨茂之）

珊为团长，著
名表演艺术家
田华为艺术指
导的老艺术家
代表团到海南
岛参加纪念毛
主席诞辰100
周年纪念活
动，这次活动
是令华哥哥参

与发起并主办的。参加这个艺术团的还有罗天婵、黄宗洛、刘淑芳、刘德海、刘秉义、曹灿、高玉倩、张越男、覃琨、柳石明、澹台仁慧、白学雯、刘玉玲等著名艺术家。艺术团所到之处，宣传毛泽东思想，并做了精彩的艺术

中顾委常委余秋里同志在纪念主席100周年诞辰会上与孔令华、孔淑静兄妹亲切交谈

表演，受到广大海军官兵和各界群众的热烈欢迎。使我最难忘的是在保国农场毛公山下的演出，有成千上万的山里人赶来观看，在因酷似毛主席躺姿而命名的毛公山山下，广大群众对毛主席发自内心的热爱之情，令人十分感动。我有幸参加了这次活动。记得那次是乐东县副县长陪我们坐车前往毛公山时，车已开出七八里路，他说司机忘挂毛主席像，一定要返回去取，不然就怕在路上出事。真没料到这个地方的人们对毛主席有这样深的感情，简直把毛主席当成了神。我们终于赶到开会的地点，在毛公山下看到的是人山人海，多年也未见到那样大规模的群众组织的大会，足有几万人之多。

在海南岛纪念主席诞辰100周年时，在海边孔淑静与阮若珊、田华老师合影

奇怪的是正要开会时，烈日当头，片刻又是阴云聚集，却未下雨，那时海南还有些炎热，云彩遮住太阳，开会的人不会受到太阳晒，说来也怪，当时云层很重，却在开会时风平浪静，待会开完，人们相继离

在海南岛纪念毛主席诞辰100周年时孔淑静与著名歌唱家罗天婵合影

开后，就乌云密布地变了天，下起了倾盆大雨。开会的当地群众都喊"毛主席显灵了！"关于当时的场面，表演艺术家曹灿老师后来在《北京晚报》上有详细的描述，我看了这个报道，确实写得很符合实情。在这次活动中，我结识了不少艺术家，有的就成了朋友，他们对毛泽东主席的一往情深，令人难忘。

从1993年到1998年，每年都在北京举行毛泽东与科学研究学术讨论会，用宣传毛泽东思想的实际行动纪念毛泽东主席诞辰。这其中最隆重的是1993年，由中国管理科学研究院、《科技日报》、《中国科学报》主办，孔令华参与组织策划并出资在人民大会堂召开的毛泽东与科学研究学术讨论会，国家领导人、学术界的老前辈和中青年的骨干都参加了这次会议。伍修权、李德生、余秋里、雷洁琼、陆定一、严济慈、钱伟长、卢嘉锡、周光昭、朱光亚、李强、裴丽生、武衡、张震寰、于光远、金善宝、贝时章、郁文、葛志成、张存浩、谈家桢、汤

在纪念毛主席去世20周年、在科学会堂的纪念会上哥哥与母亲钱俭、妹妹淑静、外甥张焱合影（前坐母亲，后站淑静、令华，最后排是张焱）

心中难忘的点点滴滴

毛主席诞辰日，在纪念堂主席像前合影（左起渊渊、孔淑静、李敏、孔东梅、张焱、田云玉）

佩松、师哲、冯亦吾等都题词并参加了会议。"毛泽东与科学"学术讨论会组委会的负责人田夫、孔令华、林玉树、张玉苔和毛泽东与科学讨论会专家评委会主任委员龚育之还写了纪念文章并讲了话。讨论会的很多发言都深刻感人。这次会后又在纪念堂举行了座谈会，老前辈还和毛主席的亲属合了影。

1996年9月9日在中国科技会堂，举行了毛泽东主席逝世20周年与科教兴国座谈会，著名科学家王大珩和中国科协书记张玉苔、毛泽东的秘书林克、革命老前辈段君毅、陈锡联、王定国等讲了话，特别是张玉苔书记的讲话很深刻，很激动，群众报以雷鸣般的掌声，给我的印象很深。

2003年纪念毛主席诞辰110周年，由中共中央在人民大会堂举办的。曾庆红同志主持会议，胡锦涛主席讲话，政治局常委全部到会，会议参加人员除了毛主席的亲属，还有在主席身边工作过的人员，老一辈的无产阶级革命家和已故国家领导人

1996年12月24日母亲钱俭与朱仲丽参加纪念堂举办的纪念毛主席的活动时摄

1998年在深圳参加纪念毛主席诞辰105周年的开会广场上合影（左起张玲、郝治平、向守志、孔淑静、张焱）

夫人和后代以及在职的各部委领导。在胡主席讲话后，他们也相继发言，记得湖南省的领导也发了言，会议开得隆重肃穆。这次会议整整召开了一个上午，给我的感受是：当面聆听中央最高领导讲了毛泽东主席的功绩，说要高举社会主义的旗帜，继承老一辈未竟的事业，把祖国建设好。当时我想，但愿是这样说的也能这样做到底。

令人最难忘的是1998年举行的纪念毛主席诞辰105周年的日子。真是艰难的105周年纪念呀！每年主席诞辰日，纪念都和毛泽东与科学讨论结合举行。那年也不例外，在大会堂云南厅举行。不同往年的是整个纪念活动由三个部分组成，一是在北京召开毛泽东与科学讨论会，二是在深圳举行"纪念毛主席105周年书画、像章展"，三是在深圳举行"纪念毛主席105周年文艺晚会"。在深圳的毛主席105周年

1998年在深圳参加纪念毛主席诞辰105周年的我和哥哥孔令华与革命老前辈向守志及夫人张玲合影

毛岸青与主席的亲属们在纪念堂合影（二排右1为孔淑静）

纪念活动是文化部批准举办的，由中华爱国工程联合会打的报告。这次活动组委会主任是李德生，名誉顾问是习仲勋、陈锡联、任仲夷、王光英、雷洁琼、朱仲丽、王定国、邓六金、刘培植，由哥哥孔令华主持会议。后来情况有些变化，会议所需资金落实不下来，但活动工作已在运筹之中，无法停止。哥哥给我打电话，我劝哥哥资金不落实就不要办，以后有机会再办。我心疼哥哥太辛苦了，担心他的身体，他却说此事已做到这种程度，再大的困难也要想办法，哪怕是找个人资助也得完成，豁出命也要把会开好，争口气。哥哥的性格就是这样。确定要搞的事拼命也要完成，何况是宣传毛主席和毛泽东的思想呢！那些天深圳下雨路滑，哥哥焦急之时一不小心滑倒在台阶上，造成右手粉碎性骨折。在这种情况下他一刻也没休息，仍坚持工作，每

在泽园酒家纪念毛主席时合影（左起孔东梅、刘松林、李敏、邵华、孔淑静、毛新宇等）

毛主席逝世30周年纪念日，主席的亲属在纪念堂主席像前合影（一排右3为孔淑静）

日工作到深夜三点。令人欣慰的是有许多普通群众、普通企业家和革命老前辈在关键时刻对纪念毛主席的活动上给予了很大的支持。由于这些支持和哥哥以及许多同志的辛勤工作，毛泽东主席诞辰105周年纪念活动最后得以正常顺利进行。革命老前辈的光临对这次活动是有力的支持，当李德生同志听说哥哥摔倒骨折的消息后，带病乘专列前往深圳参加会议。原南京军区司令员向守志和夫人张玲、原广州军区领导刘有智、刘新增、北京军区领导刘振华、原农林部副部长刘培植等，谢老的夫人王定国、罗帅夫人林月琴、罗瑞卿大将的夫人郝治平都从北京来深圳参加了这次纪念活动。他们的到来给这次纪念活动极大的鼓舞。大会开幕式在华夏艺术中心门前的广场举行。除了持请柬的参加者外群众自发参加，到会群众人山人海。哥哥在开幕式的讲话受到了老首长，革命老前辈和广大群众的赞赏，掌声经久不息。

孔淑静与参加毛主席纪念活动的毛主席秘书高智同志合影

这次纪念活动，我和儿

心中难忘的点点滴滴

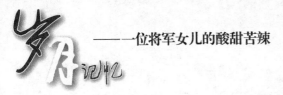
子及原来主席身边工作的秘书、卫士们，一同被邀请参加，我们一同住在驻港部队在深圳的招待所，这里的热情接待给我留下了深刻的印象。司令员、政委、副司令员、政治部主任亲临和我们一道用餐，从和他们在吃饭时的谈话中深深感到他们对

孔淑静与参加毛主席纪念活动的陈锋夫妇合影

伟大领袖毛泽东主席的怀念和崇敬。纪念晚会也开得不错，深圳市歌舞团表演舞蹈，幼儿园小朋友演唱的《东方红》，著名歌唱家耿连凤、江山等唱了许多优秀的歌曲，歌唱领袖毛泽东，歌唱伟大祖国的繁荣昌盛。78岁的革命老前辈张玲同志还演唱了抗日时期的爱国歌曲。

"西安事变"纪念日

由于父亲参与过"西安事变"，我也和"西安事变"纪念日有缘。记得这一个纪念日我参加过五次，我们党和国家还是很重视这个纪念日的。记得纪念日最早的是1956年，那时我很年轻，从不关

1956年12月12日，在北京举行"西安事变"20周年招待会，周恩来总理与到会人员合影（前排左起第九人为孔从洲）

心此类的事。当时我们家在沈
阳，是周恩来总理邀请父亲到
北京开会纪念"西安事变"20
周年纪念的，会后父亲还写了
一首诗。已收集到解放军长城
出版社出版的《孔从洲将军》
一书里。从周总理和参加会议
人员的合影中可看出大多数人
都是西北军、东北军的元老，

1978年12月12日西安事变42周年纪念
日，孔淑静陪同父亲孔从洲在中南海周
恩来总理故居看望邓颖超

这些人早已不在人间了。岁月匆匆，但"西安事变"纪念日中央都
照样举办，只是1966年到1976年"文革"动乱中未举办，在后来的
1978年、1981年、1986年、1991年、1996年和2006年我有幸参加
了。1978年"西安事变"42周年纪念日，我陪同父亲到西花厅周总
理的故居看望了邓颖超同志。我们三人在谈话中还合了影，那天还
和参与"西安事变"健在的人及他们的后人合影留念。1986年，那
时父亲住院，我从301医院接他到大会堂参加纪念大会的，会议很
隆重，父亲见到了与他曾生死与共的战友，他特别激动，那天中央

1978年"西安事变"42周年纪念日邓颖超在家中
会见有关人员时合影（前排左2为刘澜波、左四为
王炳南、左5为孔从洲、后排右2是孔淑静）

领导讲了话，并和参
会人员合影。1991年
"西安事变"55周年
纪念日，父亲刚去世
不久，母亲心情很不
好，那天我们应中央
的邀请，我陪母亲参
加纪念日活动，也是
在人民大会堂，因我
父亲去世后把车交公
了没有交通工具，眼

>>> 1996年12月12日纪念"西安事变"60周年的晚宴上李瑞环主席与孔令华和孔淑静合影

看开会时间到了，还找不到车，我们住在炮兵大院，等我们赶到会场时，会都开始了。那天是江泽民同志讲话，会议规模不算大，人员不太多，算个中小型的座谈会。

1996年"西安事变"纪念日在大会堂召开，是令华哥哥和我应中央的邀请陪同母亲去参加的，会议很隆重；是60周年纪念日，算是十年的大庆吧，那天是李瑞环主持会，江泽民同志讲话，晚上还举行了宴会，宴会中令华和我给李瑞环同志敬酒时还与他合了影。后来不久李瑞环同志还在他的办公室接见了我们。

2006年，"西安事变"70周年纪念日，中共中央统战部和总政治部送来了请柬，在大会堂开会，由刘延东同志主持会，全国政协主席贾庆林讲话，是儿子张焱陪我去参加的会。中午在人民大会堂宴会是挺隆重，是王忠禹同志主持，刘延东同志讲话，何鲁丽大姐等领导同志到会，气氛很热烈。与会人员大都是参与"西安事变"人员的后人。席间我与刘延东、王忠禹、何鲁丽及拯美、周秉德在敬酒中还合了影。当时我想这次恐怕就是我最后一次参加"西安事变"纪念日了，这就是新陈代谢，自然规律谁也无法抗拒。我

>>> 2006年12月12日纪念"西安事变"70周年中共中央在大会堂举行会议的宴会上孔淑静参加会议时与刘延东同志合影

回忆了这几次参与"西安事变"纪念日的活动，也是我心中难忘的点点滴滴。但愿"西安事变"的功绩永载史册。它所反映出的顾全大局和大义凛然的革命精神，也是有现实意义的。

结语　其实也忏悔

　　人的一生总是有这样或那样的教训，有的教训经过总结吸取而成为新的动力，而有的教训一辈子也无法挽回。我一生的忏悔和教训莫过于在爱情、家庭问题上受到的挫折，这是一个无法挽回的教训，让我至今仍在悔恨着。虽然在那特殊的年代不得已而为之，而归根结底还是自己不够坚定。1995年底，我出差到南京理工大学，见到我曾经爱过的又和他分手的人。片刻的会面，他既道出能理解我的处境，又说有的人不是也没分手顶过来了吗？这句话一直萦绕在我的脑海里，我能体会到他的不满，当时我给他和女儿确实造成了很大的伤害。我经常忏悔自己不该和相爱的人分手，更不该分手后再组织家庭，到了晚年更显得这件事的重要性。

　　令我悔恨的另一件事，是我儿子没有当上兵。我始终认为男孩子只要有机会还是要到保家卫国的部队去锻炼，长期进行严格的熏陶，当兵对孩子一生都会有很深刻的影响。1991年父亲去世后的日子，儿子高中毕业，我们都想要他参军，我们家祖父辈都是军人，

>> 何鲁丽副委员长与孔淑静、张焱合影

可谓军人世家，按理和一般应征入伍的青年一样，只要体检合格当个兵不成问题。但事实却与此相反。遵照父亲在世的嘱咐，让我们一切听组织安排，不要向组织提出任何要求。但为了儿子能参军，母亲还是向有关部门写了一封信，让我儿子去当兵锻炼也是父亲在世时的心愿。当时我带着母亲的信找有关上级部门，他们答复这点小事本单位就能解决。我信以为真，并知道了我们单位有八个名额。我返回单位后自然找了某领导，他们都说没有什么大问题，让我等着。像我这样的老实人就只知道傻等，到最后落了空。名额都被领导分配完了（可能是他们的亲朋好友吧）。那时我很无奈，一点也不懂得找点关系，用现在的思路想法，当时父亲的战友，有的都还在位，找个熟人，就是到外地去当兵是完全可以的。但我那时，从未这么想过，只是内心对本单位领导的做法不满，觉得他们太不公平，太不负责任。现在回首此事，心中总觉得对孩子没有尽到责任，这个事多年来经常困扰着我，但我已无能为力。

岁月如流，往事悠悠，我在人生的历程中，为了事业，为了父母，为了儿女，为了那终生难忘的爱付出了自己的全部，我做人做事，有失误的时候，但基本上还是问心无愧、无怨无悔的。我克己奉公，严于律己，只求真理不求官。向雷锋同志学习，把有限的生命投入无限的为人民服务中去，"做一个永不生锈的螺丝钉"，是我一生的座右铭。我是这样讲的，也是这样做的。至今，古稀之年的我仍生命不息、奋斗不止，为了所有的爱，该忏悔的忏悔了，仍要坚强地生活，直到生命的最后一息。

　　作为一个女人，我经历了人生各个阶段的顺与逆，存在着已经不可挽回的遗憾和错失，但可以聊以自慰的是无愧于心，堂堂正正做一回大写的人。得到与失去其实还是在自己手中有所掌握，拿什么换什么也是成正比的。

　　我这七十余年的人生道路，作为一名共产党员，我一生遵守入党誓词、践行自己的誓言，无愧于中国共产党员称号；作为一名军人，我恪尽职守，把一生中最美好的年华献给了军队；作为女儿，我尽了孝道，作为母亲我付出所有的爱给子女孙辈；作为自己却给自己的太少了。这就是我们这代人的缩影。正是因为有无数我们这代人默默付出奉献了几十年，才把国家建设成今天的模样，建国60周年最该感谢的还真是我们

>> 晚年回到年轻时工作过的地方（南京炮兵工程学院现为南京理工大学）

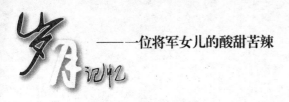

这些讲奉献精神而又默默无闻的一代人！

　　我想告诉后辈们：人还是要有信仰的；还是要有道德底线的！作为个体的人还是要有所畏惧的。人因信得救是幸运的，只有这样，人的内心才能平静；社会方能和谐。时间无止境，周而复始地重演着悲欢离合，人们同样感受着酸甜苦辣。人生的过程也只有自己一步一步走过，才能体会每个阶段的人生况味，也只有自己才能总结，我的人生感受就是理想、信念（信仰）。没有了它，生命就失去了灵魂，活着还有什么意义呢！

后 记

　　一本记述自己七十余年人生的文字在慌乱与不安中写完了，慌乱是因为在写作的过程中自己的身体不支，一场大病让我更能体会到生命的脆弱；不安倒是一直在写作的过程中持续着，希望呈现在读者面前的文字能够代表着自己感受的真实，但由于种种原因也许未必能够完全做到；只能说呈现在读者面前的是尽我所能做到的地步，我的心是真诚的。

　　自己一生平凡，文字所记述的也很平淡，把自己一生所铭记的点滴和忏悔用文字写出来，也只是想了却自己晚年心中的不安。书即将出版了，很快就要面对读者的评说，我心里不禁忐忑起来。

　　我还想以此书献给已在天国的亲人和朋友，希望他们的在天之灵能得到一些慰藉。

　　最后，感谢每一位为我提供帮助提供照片的亲人和朋友们，没有你们的无私帮助，此书的出版也会遥遥无期的。

作　者

2010年3月于北京

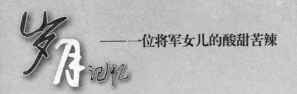

相花万里丹山路
雏凤清于老凤声
赠孔淑静同志
宋任穷
一九九三年十二月七日

红军不怕远征难
万水千山只等闲
录毛泽东同志词句
孔淑静同志惠存
二〇〇二年六月
邹家华

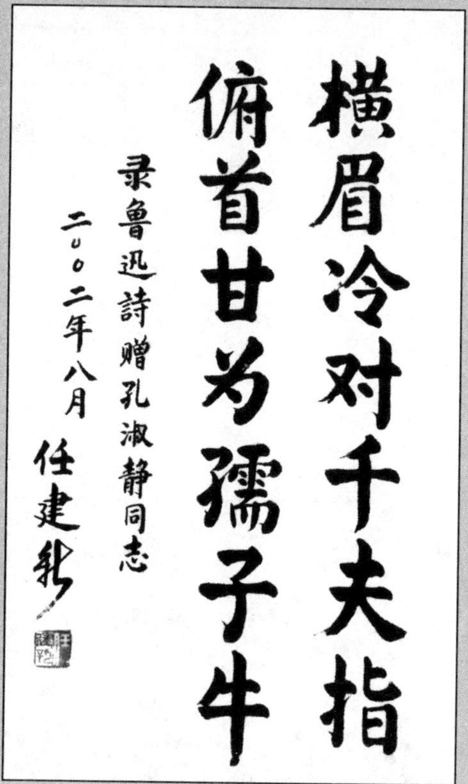

横眉冷对千夫指
俯首甘为孺子牛

录鲁迅诗赠孔淑静同志
二〇〇二年八月
任建新

书敬孔淑静同志
为善最乐
迟浩田
二〇〇六年三月廿九日

自强不息

终获胜利

韩静同志勉之

辛未元旦

韩震

不管风吹浪打

胜似闲庭信步

淑静同志

一九七七年三月

魏传统

人淡如菊

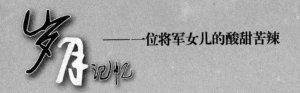

图书在版编目（CIP）数据

岁月记忆：一位将军女儿的酸甜苦辣 / 孔淑静著
—北京：华艺出版社，2011.5
ISBN 978-7-80252-292-3

Ⅰ.①岁… Ⅱ.①孔… Ⅲ.①孔从洲（1906～1991）
－生平事迹②孔令华（1935～1999）－生平事迹 Ⅳ.
①K825.2

中国版本图书馆CIP数据核字(2011)第072012号

岁月记忆

作　　者：	孔淑静
责任编辑：	郑治清
策　　划：	张　焱
特约编辑：	张　勇
图文制作：	博雅思
出　　版：	华艺出版社
社　　址：	北京市海淀区北四环中路 229 号
电　　话：	(010) 82885151
传　　真：	(010) 82884314
经　　销：	新华书店
印　　刷：	北京兴星伟业印刷有限公司
开　　本：	1/16
字　　数：	200 千字
印　　张：	13.25 印张
版　　次：	2011 年 5 月第 1 版
印　　次：	2011 年 5 月第 1 次印刷

ISBN 978-7-80252-292-3

定　　价：30.00 元